LES CHOSES DE LA LUMIÈRE
Dix ans de poésie

Marchand de feuilles
C.P. 4, Succursale Place d'Armes
Montréal (Québec) H2Y 3E9 Canada

Graphisme de la page couverture : Isabelle Toussaint
Image de la couverture : Sara Hébert
Mise en pages : Isabelle Toussaint
Révision : Annie Pronovost
Diffusion : Hachette Canada

Marchand de feuilles remercie
le Conseil des arts du Canada et la Société
de développement des entreprises culturelles
(SODEC) pour leur soutien financier.
Marchand de feuilles reconnaît l'aide financière du
gouvernement du Canada par l'entremise du Fonds du
livre du Canada (FLC) pour ses activités d'édition et
bénéficie du Programme de crédit d'impôt pour l'édition
de livres (Gestion SODEC) du gouvernement du Québec.

La forme et le contenu de ce livre sont protégés par le
droit d'auteur et par les lois québécoises, canadiennes
et étrangères sur la propriété intellectuelle. Toute
utilisation ou reproduction, sous quelque forme que
ce soit, en totalité ou en partie, que ce soit sous forme
textuelle, graphique, audio, vidéo ou numérique,
est interdite à moins d'avoir préalablement obtenu
l'autorisation écrite des Éditions Marchand de feuilles.

Catalogage avant publication de
Bibliothèque et Archives nationales du Québec
et Bibliothèque et Archives Canada

Titre : *Les choses de la lumière : dix ans de poésie* /
Maude Veilleux.
Autres titres : Œuvre. Extrait
Noms : Veilleux, Maude, 1985- auteure.
Description : Poèmes.
Identifiants : Canadiana 20230058833 |
ISBN 9782925059271
Classification : LCC PS8643.E447 A17 2023 |
CDD C841/.6—dc23

© Marchand de feuilles, 2023
Tous droits réservés pour tous pays

MAUDE VEILLEUX

LES CHOSES DE LA LUMIÈRE

Dix ans de poésie

ÉDITIONS
MARCHAND
DE FEUILLES

Avant-propos

J'aime les cycles. J'aime fermer des boucles. Dix ans de poésie.

On commence dans le présent. 2023. Avec des poèmes écrits il y a peu de temps, quelques mois, un an, deux ans. Seulement des blocs denses. C'est la forme que prend la colère contenue. Une colère qui s'avoue à demi, et qui ne trouve pas de chemin pour s'expulser. J'ai été très fâchée contre le monde de la littérature. Contre les humain·es, pas contre les livres. Fâchée, et épuisée aussi. Complètement exténuée par le rythme de travail que le métier m'imposait. Je me suis sentie obligée de produire. Alors, j'ai arrêté. Je me suis éloignée. J'ai dormi. Puis, certains poèmes sont venus.

Puis on remonte. On traverse les années, les styles, les intentions variées, les tentatives, les inclinaisons, les différentes influences. *Une sorte de lumière spéciale*. Ma dernière publication à l'Écrou. *Last call les murènes*. L'ouvrage de l'entredeux, le livre du passage de la pratique du carnet à la scène. Et on creuse encore, jusqu'en 2013. Premier recueil. Œuvre de jeunesse. *Les choses de l'amour à marde.* Petit zine devenu autre.

L'ordre chronologique domine en littérature. On s'inspire intuitivement de notre expérience du temps lorsqu'on construit à rebours l'œuvre d'un·e écrivain·e, ce qui permet de saisir l'évolution de sa voix, de son style. Ses influences d'abord mal digérées, puis la cristallisation petit à petit d'une sorte d'essence qui lui est propre. Mais moi je suis vivante, et je n'avais pas envie d'apparaître comme un objet fini.

Ici, l'exercice n'est pas simple. La plupart de ces poèmes, je ne les aime plus beaucoup, mais je suis contente qu'ils existent. Tous les jours, je change d'idée. Je ne suis jamais longtemps en accord avec moi-même. Je me contredis. J'avance, je recule. Mon intention : garder une chose intacte plutôt que de la transformer. Ne pas céder à la tentation de rafraîchir. Ne pas changer les mots, travailler le rythme ou même enlever un vers que je méprise. J'accepte ce qui a été, ce qui m'a formée.

Pour le meilleur et pour le pire.

MV

1

Les choses de la lumière

le béton pousse il faut devenir propriétaire
d'un espace dans la série des petits procès
culpabilité je me situe plus du côté poing que
du côté gueule et j'ai pensé mettre des bombes
rire nerveux une fraction de seconde je veux
un dédommagement à la hauteur de la faute
what should we wear des éclats de verre i'm
scared je suis sacrée va-t'en va-t'en j'ai fait
tous mes rêves pour la semaine un lilas et des
éclairs merci pour les billets les cigarettes la
bière les fondations le toit les portes et les
fenêtres avec le marché actuel la perte est une
expérience aussi à l'unisson num num sur la
ville l'expression vraie du malheur chante
en une seconde ils sont amoureux un talent
on/off j'ai gâché la soirée avec la lame une
piqûre précise au flanc puis le coût d'une
blessure

le chat vomit sur le bord de la fenêtre en bas
les travailleurs vapotent smash it with a rock
sombre instrument un accroissement l'équi-
libre c'est la marchandise un avenir dont on ne
parle pas une liste quelqu'un qui n'est disposé
à respecter que soi une mâchoire craquée
je prends le bus je termine une pensée complexe c'est une longueur minimale requise la
décence de ravaler ses larmes je sais compter
jusqu'à un million de dollars je sais m'attacher
à ce qui fait mal je sais rompre le cosmos une
constitution de mes ongles locataires de la
lave un vélo volé c'est le fucking néant tendresse une facilité une autre histoire mince de
peine d'amour devenue jolie de haine

l'électricité d'un milieu une vie de quartier
trouée par les cadenas à clé mes voisins
changent de cheveux et de visage ils trans-
portent exactement quatre-vingt-deux mégots
de cigarette je les espionne de ma caverne
j'hiberne à fond 24/7 provisions de menthol
j'y construis un réel défaillant combine les
sentiments pour faire une soupe j'ai bloqué
le garçon maintenant il me déteste le contact
de l'autre nous trouble quand je regarde au
ciel j'ai des vertiges j'ai besoin d'un plafond
plus bas d'un organe gigantesque d'une pluie
fine d'une plante auto-organisée d'un verre
d'eau d'une lampe magique d'une morsure de
vampire de la peur de la mort

la tentation demeure c'est la roue qui tourne
l'éphémère un verbe ne sauvera rien pas de
fée des étoiles une prière sourde un matin
de juin j'ai ramené un démon l'ai traîné jusque
chez moi il chuchote la nuit me réveille je
perds toutes nos games au xbox je vais l'ini-
tier à un univers où la vérité est exaltée par
la rencontre de deux corps qu'en est-il de la
douce mélodie des moteurs devant l'ennui
la noirceur tout le temps gaspillé à attendre la
réponse esthétique halloween annuel devant
le café les enfants de la mafia jouent à la pé-
tanque ils courent comme des enfants nor-
maux sans fusils dans les poches sous un
étonnant parfum d'extase

il n'y a pas de médicaments faites de moi le
buffet à volonté de la transplantation je n'ai
que des inspirations malhabiles des armes
inutiles beaucoup de fumée condo sorcière
tuer la graisse de la mémoire collective pour le
plaisir d'une grue elle soulève tout le poids
du monde et le dépose au vingt-septième étage
les vaisseaux aliens ramasseront les paquets
nourriture triste du soleil

le désir de la fumée à la menthe mes lèvres
ont des blessures c'est la toxicité du liquide
je vous parle de ce que ma bouche touche
de ce qui entre en moi de ce qui brûle mes
muqueuses bien ordinaire commodité un
minimum de vocabulaire pour un univers
underground le dessous de moi des monstres
aux références complexes sommeil indélicat
je fuis les dangers dociles cherche une arme
pour déjeuner une pesanteur l'atrophie des
glandes lacrymales je mouche noir des cail-
lots de larmes tout se passe sous mon visage
quoi de neuf dans les yeux sur la tête et la
météo du monde je me sens trop tard la couleur des trucs à te raconter tout le temps à
temps partiel je me demande ce qui me demande de l'aide un peu trop tard je ne vois pas
en quoi le délire le plus important s'effacerait
je vous jure que j'essaie
que mon mutisme est une protection
les feuilles de la fougère sèchent
je les balaie
mes moments préférés n'arrivent plus
princesse de la pensée neurobiologie les
masques trompeurs de la folie réfléchir en
poème en fusée l'idée l'étoile tous les corridors

s'ouvrent et s'allongent en même temps je cours pour retrouver la porte passer du bon côté je ne cours pas je suis couchée et j'attends la crise cardiaque on peut mourir de tristesse on me l'a dit l'autre jour sur une terrasse ou à l'épicerie c'est difficile la morale l'éthique la loi et les règlements d'autrui

when talking goes wrong un jeu de séduction
malhabile la créativité pour toutes et tous
l'examen des libertés personnelles small clone
une luciole vit dans le lampadaire ingénieux
stratagème de paresse devant la vacuité the
greatest things and the worst things together
in one head j'ai fui une première addiction
dans une deuxième puis une troisième ainsi
de suite jusqu'à ce que j'oublie l'objet initial de
ma course what are you doing in space je dois
creuser pour retrouver l'origine de la débâcle
ce qui m'intéresse c'est la mort parce qu'elle
me terrifie et je veux y arriver en la connaissant le mieux possible sans surprise je veux la
voir et lui dire je sais tout de toi je t'ai regardée
assez longtemps onze éternités je n'ai plus
peur de toi chenille

laissez-vous enivrer par vos affects mélan-
coliques obtenez de nouvelles récompenses
sous la forme d'un savon taillé à l'exacto achevez achevez au minimum ce dont vous rêvez
le véhicule idéal du désespoir une offre sur
la table essayez la contemplation essayez
le transcendantalisme nul doute nulle ex-
pectative vous méritez une phrase gentille
vous attendez vous patientez les mutations
s'opèrent les métrages inédits de vos faillites
en rediffusion sur écrans moyens
le caladium fane aussi
les plantes meurent
je les observe
j'apprends de celles qui résistent
je fais le souhait qu'un médecin découpe mes
tatouages pour les conserver dans le formol
mon deuxième vœu est secret il concerne la
manière dont je pourrai me sustenter du néant

scully et mulder ferment les stores sur notre
histoire merdique le flot microbien de nos
rapprochements devenir une forteresse il vous
faudra un tank pour attendrir la disposition de
mes insensibilités j'attends le devenir roche
un jeu de rebirth dans une piscine en forme
de tortue la toxine des zoantharia peut anéan-
tir votre écosystème le gobie et la crevette-
pistolet s'entraident pour la survie je cherche
mon organisme coopérant mais je vous déteste
trop
j'invoque tous les démons de mésopotamie
puis ceux du précambrien
et du protérozoïque
pour vivre quelque chose
ils ne viennent pas me laissent à moi-même
devant le ventilateur dans la canicule ma
peau me force à adhérer au monde où rien de
magique n'existe que la certitude de la plate
réalité l'ennui une app sur un téléphone et
l'éternel retour d'une pêche farineuse au
noyau mou

à paris avec ma mère je n'ai pas chié de la semaine dans l'avion je me tords de douleur le ventre en ciment j'essaie d'extraire la merde avec mes doigts mes ongles dans mon cul le sang la vue du sang et de la merde ma chemise de soie le tissu noble et ma manucure française couverte de mes fluides le brun et le rouge le motif est formulable comme une intention pour me soulager de mes souffrances mais n'admet pas la possibilité logique du doute sur ma capacité à y parvenir à force d'à force sur mes inspirations la sensation de brûlure quand je touche ma chatte les doigts pleins de sauce x2 ramen volcano old fucking cunt je vous déteste je déteste l'humain old cunt je me lève avec douleur tous les matins le réveil la déchirure de la prise de conscience de soi je ne suis pas maître de l'exister j'en suis contrainte l'être sans néant old cunt fuck je hais votre inconscience je hais votre goût pour la vie votre instinct de conservation vos désirs votre conatus rentrez-le-vous profond

je rêve de fumer jusqu'à l'emphysème vivre
comme un animal non non non non non non
non pas rêver non rien non ne rien permettre
non non rêver ne mène à rien non non thana-
cunt grande déesse je casse des yeules en sang
j'ai la violence dans le bras je l'ai attrapée de
vous
culpabilisez
j'articule mes dérives sous vos inclinaisons à
reproduire la cruauté vos systèmes moraux
défaillants les justifications à n'en plus finir
faire souffrir trouvera toujours légitimité

la brutalité du relativisme le capitalisme de catastrophe le nécropolitique la mondialisation la peur du all-power state la réduction des méfaits les fake news sur les dauphins les droits des travailleurs les chaînes d'approvisionnement les choix stratégiques les cassandres cypherpunks les métaphores de la guerre et de l'ennemi invisible le salaire minimum le féminicide les guêpes meurtrières la crise du sens the cheesecake factory on rent strike énumération vide formalisme de lassitude je peux répéter à l'infini et faire la liste de ce qui existe usage du non-sens dessine avec moi dans une réflexion la gravité le programme de la psyché détester comme un cadeau je sais le futur je le connais par cœur artifice béton le delight spectatoriel regardez le plaisir et la douleur éclairage minimal jay walking molécule nouveau vertige dans ce bar gothic electro je viens de vivre vingt passions j'ai dû sortir fumer pour éviter les regards langoureux ils me dévorent je commençais à me dénuder induction hypnotique

un jour dans deux semaines je réussirai à me
rendre jusqu'au métro je le pressens je trouverai une manière de rassembler mes énergies
d'ici là threat aux frontières l'anus de la ville
l'anus merveilleux de la ville retient le liquide
à l'intérieur comme kekchose comme une
passoire sans trou jamais mourir peu importe
je dis bonne fête à toutes celles et ceux qui le
désirent

la communication est une bouée de sauvetage
life line considérer l'ère réelle identifier les
traumatismes générationnels prédisposition
à une dictature pandémique terrifiante retour
du fascisme attaques burnout ennemi pré-
dateur le danger est partout risque risque de
folie la signalisation devient plus complexe
langage abstrait et forme symbolique condition secrète son état mentionner les menaces
ne suffit pas pour crier un texte courant dans
l'émotion pathétique encourage à écouter
obstruer les poumons spasme position debout
muscles abdominaux trachée obstruer le flux
d'air léger dans la voix essoufflement la méthode fonctionne chaque fois que le corps joue
le code comédie genoux comment tourner les
genoux comment activer les genoux agités
ainsi double mouvement le bras main droite
fermée le poing gauche est placé au-dessus du
pointeur et la fourchette du doigt du milieu
comme des crocs croque ici vous avez dit danger en connaissant le cerveau malade lobe
paranoïaque idée schizoïde vous savez le dire
ce prix de conscience nous donne peur les
mots qui doivent être faits au bon moment
devraient considérer les mauvaises choses

souffre douleurance
la magie métal
bedrock
les creepers
nous avons tous un profil de névrose bling
bling bling
my name? oh, lemme tell you my name uh,
i'm confused because uh, you know, like we're
supposed to believe in the ministry, right? so
is the uh, are the church and state suppposed
to be separate? i'm confused because i never
went to school, right? will a confused person
get a resolution? i don't understand, you see,
when you go like that, right? you have a cross,
two sticks, right? and that's how i felt...when i
was in waterloo cuz when i walked, in waterloo and smiled at people they treated me like
a vampire they used the cross, and they went
like this, not smiling at me in toronto... hey!
hi guys! you know me, steve spiros?! easy
going?! those who know me, i'm a nobody,
yah understand? and you can't kill a person
with "no" "body" so... why am i afraid? i'm not
afraid i'm afraid of the boogey man who's
the boogey man? you figure it out i'm gettin
outta here i'm going back to waterloo where

LES CHOSES DE LA LUMIÈRE

the vampires hang out and i'm gonna wear
my sunglasses that night, you know why?
because i have sunglasses on, and i'm weird
uhhh, i'm from humberside i'm sorry if uh,
i made a fool of humberside, but all those
people? who called me a sleepwalker? i woke
up now i'm going back to sleep, cuz i'm gonna
be committed in an isolation room because i'm
gonna go back to the ministry, and allow them
to perceive me as i am; *a fuck up! good bye!*
hey, "toronto the good" look at, look at this
square; it was a shithole when i worked here
now it looks like new york, manhattan! where
are the bums? there's no bums here toronto
doesn't have bums! but waterloo? they're
creating bums, they created me! "why?" i
don't know maybe it's the church! talk to the
pope, he knows everything! i had it i'm gonna
die how can you die, when you're dead?! oh,
wait a second i'm gonna be crucified, right?
[rips shirt open] [clears throat] i'm not gonna
raise my voice, cuz i'm committed to the lord
i love you

il cherche son nom, il le cherche dans les
canaux de sa tête il ne trouve que l'exclusion
son identité s'y perd

google it makeup eating challenge subscribe des hordes d'acolytes des illustres l'œil impeccable le thorax apaisé la piscine des projets déborde lurking sur le gazon voisin les satanistes se marquent les avant-bras de phrases en espéranto mais l'incidence est faible feu pâle signe distinctif sans plus on cherche la communauté on essaie le vivre ensemble mais nous ne sommes actionnaires de rien something in the air nous dit que le style paranoïaque n'est pas un luxe les psychoses sont l'air du temps le sol en sable mouvant avez-vous peur du ~~simulacre~~ du chaos aujourd'hui j'expulse une huile orange une huile piquante pour la pizza une huile de palme complot organique contre moi-même j'entends une narratrice raconter la mort des orangs-outans mon foie ou mon pancréas laisse tomber – drone shot sur la forêt intérieure mais non je ne suis pas une forêt rêverie ridicule naturalisme du 19e siècle où la femme et la nature s'unissent pour devenir objet de contemplation j'ai tous les organes pour être un sujet les amygdales les dents de sagesse l'appendice et même sans eux je serais encore détenteur·trice du regard

nettoyons ce qui sort de nos corps torchons
le squirt pisse avec moi devant le café le
monde je programme l'avenir le regret annon-
çons anything n'importe quoi annulons le
fantasme ou alors c'est la chiasse amour pour
les déjections ne tombons pas dans la haine
du corps aimons ce que nous produisons
sur l'autel plaçons la suprême morve l'héri-
tage du cendrier célébrons la mort comme un
discours contre le transhumanisme en chair
et en glu nous sommes matière visqueuse
tant mieux nous ne serons jamais métaux
précieux

si j'étais un robot je voudrais être de la viande qu'on me cuise sur un barbecue un hamburger all dressed fromage orange pickles mangez-moi je manque d'être mangée ce n'est pas le bonheur ce n'est pas le malheur c'est boire du thé froid et n'avoir aucune émotion majeure l'ennui occidental nous coupe de la souffrance et de la joie le désir est un sac en papier vide taché de graisse appétit las appétit entravé les intelligences artificielles prévoient avant même que la conscience puisse sentir le désir jamais de manque la seule véritable transaction hors capital est la mort alors mangez-moi au bord de la piscine hors-terre flies in the daquiri donnez-moi les obsèques que je mérite

un mensonge il n'y a plus de hors capital tout
est capital capitaine je colle les omoplates le
plexus vers le ciel mes doigts s'écartent au
niveau des épaules j'ouvre la bouche je veux
crier je n'ai rien à crier qu'un corps qui veut
crier le corps veut crier que faire d'un corps
qui ne veut que crier le mot majeur nous a
été dérobé je nous déteste depuis des millé-
naires there is nothing left to save quand il n'y
a plus de possible pour l'indignation il ne reste
que les canines pointues de la spirale

sommes-nous dans l'upside down métavers du faux-semblant il me semble que je suis confuse regardez cette chose le doigt pointe et le regard suit nous regardons la chose qui existe regardons le concept regardons le gâteau l'esprit tente de classer mais sous le glaçage ce n'est pas du red velvet c'est du bœuf haché alors nous regardons le bœuf haché mais encore là il s'agit d'un faux-semblant le bœuf haché est une éponge à vaisselle et l'éponge à vaisselle est une poignée de terre et la poignée de terre est un déchet radioactif et le déchet radioactif est un savon et le savon est un coléoptère et roulent roulent roulent les yeux le doigt nous courons derrière le doigt qui ne finit plus de lever le voile sur ce que l'œil voit et lorsque nous revenons au gâteau nous découvrons le pouvoir d'un signe corrompu pour cacher un enfant dans le fond d'une mine

shapeshifteuse je traverse les parois du temps
mélasse opaque et visqueuse l'overboard me
mène vers la désertion j'envisage un futur
aux couleurs saturées de saletés
dans le stationnement de la responsabilité
individuelle on martèle les règles qui per-
mettront un lendemain meilleur tandis que
nos projections astrales jouent à l'accéléra-
tionnisme nous habitons dans le grand vais-
seau impérial où espoir et peur sont les revers
d'une même pièce flip the coin losing perdre
est la réponse ciment de certitudes
alarmistes et rassuristes s'affrontent mais
s'entendent pour se surveiller soi-même devenir police de soi grand succès les pieds coulés
dans le béton la bouche au ciel remplie vertige
sauce acide

tous les actes de parole me semblent suspects
il faut convaincre l'autre il faut arriver à lui
faire entendre il faut manipuler il faut jouer
de manigance partout la parole n'est utile qu'à
la violence vous ne me ferez plus changer
d'idées je suis tombée dans le camp des dé-
couragé·es ici l'esseulement la désolation
mais ça va parce que vous appelez ça la résistance là où vous voyez de la résilience
je vois de l'obstination à outrance je vois
une fatigue graisseuse bien attachée aux organes j'entends les ritournelles de l'esprit
malade mais surtout la force gravitation-
nelle de la production protégeons à tout prix
à tout prix à tout prix à tout prix et le meme
des dinosaures – devant la comète – qui crient
protégeons l'économie

des prophètes we are of course prophètes
quand je parle je ferme le poing je suis prête à
me battre je ferme le poing au bord de ma
mâchoire comme on m'a appris à le faire
j'attends que le coup vienne il vient toujours
vivre sans coup ça ne se peut pas il y a la
volonté d'arriver à prédire ne serait-ce que
la prochaine minute on se concentre sur la
seconde qui vient sur les gestes simples mais
la chair traumatisée n'entrevoit que le pire
c'est un mécanisme de survie

mineral bitch – clustering illusion système digestif système nerveux système lymphatique système respiratoire système circulatoire en orchestre pour la cohérence du sujet surcharge sensorielle mille expériences intimes en simultané chemin magique l'éclair a animé la roche robote sex worker – branché au *chat* par la prothèse le cybercorps tinte au rythme de la cagnotte – *nexus corruption* – je leur pince les os *army of the death coming back* je monte une armée à l'image du désir – matrice mystérieuse – nous sommes déjà dans la nostalgie de la peau – la poix – les lacunes de la vision régissent le mouvement *ex-love ex-tenderness* la mise au foyer – *necromancer* délicieux·se

la seiche a réussi à passer un test cognitif
– bravo – elle est maintenant prête pour le
capitalisme elle entrevoit la possibilité du
gain l'investissement de l'attente et du travail
– la seiche peut maintenant spéculer sur la
possibilité de l'amélioration de sa condition si
elle y met l'effort – allez petit poisson poulpe
mets l'effort et tu souperas comme une reine
d'un repas de crevettes – bientôt la seiche
aura elle aussi des rénovictions à faire dans
son bloc de Saint-Henri –

on se dit qu'on brûlerait bien des voitures
ou qu'on défoncerait bien des vitrines avec
des trottinettes mais empêché·es de toute part
on reste sur place on fait exploser un melon
d'eau avec des élastiques et on s'achète un
nouveau coussin avec une phrase inspirante
– cultivons puissance d'agir pour soi pour
les autres tentons d'élever d'entendre de sou-
tenir celle-là elle va pouvoir et lui aussi et
celleux-là et toustes et ensemble et contre
parfois –

les arachides aux épices du sichuan m'ont
fait plonger en moi-même je dois affronter
ma peur vivre sans vivre avec prophétie pro-
bable – mon meilleur ami je ne l'ai pas vu
depuis novembre je rêve de lui la nuit certaine qu'il existe encore nous ne sommes
pas disparu·es seulement absent·es un·e à
l'autre mais mon meilleur ami et moi avant
nous étions des mangeureuses de pêches et
de hamburgers sur le coin de mont-royal
et st-denis nous étions des jumelles de che-
mises des poètes et des chialeux sous nos
semelles identiques –

remplir la cuvette de sa toilette de produits à
récurer – de bombes pour le bain de poudres
javellisantes colorées – y plonger les mains
pour en faire une nouvelle vidéo virale la pâte
tourne au brun au gris et au noir c'est la syn-
thèse soustractive des couleurs – choose your
side and your opponent – choose wisely –
l'araignée dans le coin de la douche mangera
le poisson d'argent sous le tapis – et j'essaierai
de ne pas les tuer sous la force des chimies
du nettoyage – soyons l'écosystème de paix de
la salle de bain un pacte de non-agression –

les gardiens de la parole trafiquent les con-
fitures de l'âme coup de bâton dans les
jambes le blasphème la grappe grammaticale
la transparence la mise à nu d'un estomac
d'une vésicule biliaire optimisation auto-
exploitation la cuisine n'est jamais assez
propre pour celleux qui ont peur de ce qui
les incorpore – invisible main-d'œuvre –
self-gouverner – nous sommes droit·es et
inadéquat·es

drop a portal – phantom sense – se recon-
necter saisir trouver nos désirs sincères
constitue une réelle mise à l'épreuve – si je
ne veux rien qu'ont-iels contre moi
affect de conservation
la peur est constitutive
avoir peur de perdre
ne plus avoir peur
l'entraînement
je me fais insulter par a loaf of bread un sac
de pain quand il saute sur le trampoline sa
queue de plastique lui donne des airs de petite
fille je n'ai pas de problème à me faire injurier
je vis la scène j'aime que le monde propose
cette possibilité je saute aussi parfois plus
haut que lui et il dit come with me i'm gonna
shit on your face et je le suis dans une autre
pièce – je vis et c'est tout

je ne dispose que d'une place unique – système
unaire – mon siège pour le reste – je joue au
jeu de nommer tout ce qui est beau – le orange
et le rose – le bleu et le rouge – le vert et le rose
– le brun et le jaune – toujours les couleurs
en duo – on commence par le bas on habille en
alternance quand on trouve une roche c'est
bien, du plastique c'est encore mieux – le plas-
tex – on s'enduit on se couvre les organes le
labeur le poumon raison on plastifie dans
l'espoir de préserver ma pellicule à moi une
empreinte un simple moulage conservé dans
une matière sédimentaire au moins garder
un modelage garder s'il vous plaît garder tous
les restes garder les échantillons des cheveux
et la cornée – garder moi – jamais assez de
plastique – des montagnes – et du plastique
dans tous nos orifices – on en veut encore plus
– du plastique et des gaz polluants – une pile
de plastique sur chaque bébé dans chaque
animal – des chapeaux des vêtements de la
nourriture –

perspective booléenne 1 ou 0 toujours 1 ou 0
/ouvert ou fermé /vrai ou faux /oui ou non
/mais trop d'eau pas assez d'eau la réponse
du crassula est complexe une combinatoire
regarder de près déceler le signe peut-on lire
à côté le langage des plantes – est-ce un langage de mourir mangé·e pourri·e
je respire et elles bougent – le seul vent qu'elles
connaîtront
j'écris un programme pour faire parler la plante
elle crie je me noie
je n'entends pas
j'automatise un procédé simple
je pense que je sauverai tout

en 1986 – quatre mille scientifiques et étu-
diant·es en physique ont visité le mgm grand
hotel and casino pour le congrès annuel de
l'american physical society – sans jamais
jouer la moindre cenne – la ville de las vegas
leur a interdit d'accès à tout jamais
be a physicist dans un casino

je recrée mon appartement en modélisation
trois axes x y z
pour représenter le monde en 3d – omni-
science et tournoiement – la table basse en
saisir les courbes les chanfreins dessiner
l'écrou – le regard situé il est tout autour
comme attaché à la surface interne d'une
sphère – point de vue d'une larve d'un animal
au ras du sol d'un démon suspendu la tête
en bas dans le coin de la pièce
perspective oblique

processer
les sciarides
démesure d'eau étape exagérément d'eau
c'est un liquide qui me gardera en vie pour
des milliers d'années bubly sparkling water
saveur ananas que l'on mélange au café un
mur de monster l'aluminium en fusion qu'on
verse dans un nid de fourmis pour en faire
un pied de cendrier
faire fondre
liquéfier
le poumon raison
les bronchioles baignent

si les sciarides n'aiment que le jaune – je ne
porte que du vert et du orange – cuivre oxydé
– rouille et herbe tendre

many-headed slime tu retraces le métro
    de tokyo
saurais-tu trouver le chemin pour simplifier
une idée

quand j'étais enfant je créais des molds
    de farine et d'eau dans des tasses
je les cachais sous ma table de chevet
mon organisme à moi il serait fait de
    fermentation avec un cerveau moyen et peu
de capacités cognitives
il veillerait sur les dommages
parasite zombie

j'ai fait un sondage : nous avons moins peur
des simulacres – devant la scutigère robotes
nous ne crions pas nous sommes fasciné·es

je regarde la nature
assurément je la regarde
du balcon j'observe la colonie d'oiseaux ins-
tallée dans le mur de la galerie nicolas robert
– je me questionne sur leurs rites funéraires ;
des carcasses je n'en vois jamais alors j'imagine les murs plein d'os et de becs en décom-
position – les plumes les coquilles d'œufs –
à l'intérieur les expos défilent et tout le
monde s'habille peut-être chez cos ou ssense
et les employé·es ne se doutent pas qu'au
moment où iels reculent leur chaise et déposent leur tête sur le mur après un zoom call
éreintant que c'est sur le tombeau des moi-
neaux domestiques qu'iels se rechargent
l'énergie

l'image qui résume : une cigarette écrasée
puis laissée tomber dans le goulot d'une ca-
nette de sleeman clear 2.0
l'image qui résume : une rivière de boue démo-
lie un steak house dans le sud de la Californie
l'image qui résume : un corps est retrouvé
intact dans une tourbière – sur ses ongles :
strass et duochrome

ma mâchoire – bruxisme – sous les dents
se compacte la matière – rammed earth – je
tète le calcaire sur le pourtour du robinet
mais c'est vraiment comme sucer un bonbon
– en tout point de vue – la récompense du dur
labeur – une ventouse à la place du visage –
j'aimerais mettre mes ambitions à devenir un
compresseur pneumatique ou un aspirateur
industriel ou un ver marin
infinite minéralisation
tentation pro-émail
faire pousser les canines
jusqu'à devenir un animal
ou une pelle mécanique
plus de dents = plus de vie

LES CHOSES DE LA LUMIÈRE

nous n'arrêterons jamais – le ciel se reflète
sur les buildings – la fausse transparence du
verre –
the glass delusion –
we are not humans we are glass vases
we are glass buildings

transparent humans

sous ma digital soul
une coquille de permafrost au cœur coulant
– on se joint au non-vivant aux organismes
de la poussière et à toutes les sauces qui
garnissent la première tablette du frigo – une
ontologie non unitaire
un nous non harmonieux un nous
non homogène
herbes salées et ziploc de poils de chat
c'est une fleur mauve dans le vent
un emballage de laxatif
verre de bubble tea

l'organisme lui-même
une vraie responsabilité collective
je voudrais bien croire que je suis une forêt
    mais ce serait mentir

nouveau parfum – ghost in the shell –
cyborg de base – dualisme
sur ma peau je laisse pousser les fungus
serons-nous plusieurs – des milliers à habiter
    l'enveloppe
bored into oblivion – mycélium sommeil :
    mycélium ennui
plus de capteurs pour plus de sensations

système des poèmes – fermented and pickled
– usage du tiret – on laisse macérer un mot
une parole souple mais peut-être hermétique
pour combattre la réappropriation
la solution : être abject·e incohérent·e sombre
abstrait·e fuyant·e

Certaines versions antérieures des poèmes de cette section
ont été publiés dans *Wet Métal* (Éditions 8888), le n° 2 de
la revue *Bouclard*, le n° 183 de la revue *Estuaire*, dans le
n° 337 de la revue *Liberté*, dans le vol. 5 de la revue *Sabir*,
ainsi que dans le n° 31 de la revue *Muscle*.

2

**Une sorte
de lumière
spéciale**

avant-garde poets hate poems for remaining poems instead of becoming bombs.

BEN LERNER
The hatred of poetry

Ma posture :

Je suis née en Beauce dans un milieu plutôt pauvre. La classe moyenne. Moyenne basse. Moyenne niveau sous-sol. Mes parents sont travailleurs d'usine. Leurs parents aussi. Toute ma grande famille aussi. Une famille d'ouvriers dont les dents disparaissent graduellement avec les années. Un nouveau trou à chaque visite.

Je vis à Montréal dans une communauté artistique riche. Pauvre aussi, mais éduquée. Organisée. Plutôt de gauche. Communauté de littéraires.

J'essaie de comprendre ma place là-dedans. J'écris avec ça. Avec mon incapacité crasse à sentir mon adhésion au monde, avec le sentiment de rejet que j'ai l'impression de subir de toute part, et puis avec la conviction que je ne trouverai jamais de maison, sinon la mienne. Le petit coin que j'invente avec mes livres.

Est-ce que les questions entourant la lutte des classes sont encore d'actualité? Je me pose la question.

Je pense à l'Amérique divisée. Je n'aurais jamais voté pour Trump, mais il y a une place au fond de moi, une voix sourde qui me chuchote les raisons de son élection. Les mêmes qui poussent les Beaucerons à voter à droite, à voter pour les conservateurs et à se complaire dans les discours de radios de Québec.

Je m'aventure en terrain miné. Je ne veux pas défendre leurs convictions, mais je veux les comprendre. Je veux comprendre pourquoi dans la pauvreté la plus totale, on choisit encore de voter pour les patrons.

La Beauce est belle, mais les maisons sont en plastique. Les voitures rouillées. Les passe-temps dangereux.

Je voudrais passer à autre chose, mais c'est ma matière natale. Je n'y arrive pas. Je n'ai pas fait le tour de la question. Je commence à peine à la saisir. Alors, je veux faire un recueil là-dessus. Sur tout ce que je viens d'écrire.

Sur la misère d'être un travailleur. Sur l'absence de possibilité d'ascension sociale. Sur l'ennui. Sur la détresse psychologique. Sur la façon dont on ne trouve du réconfort que dans un cheeseburger.

La vraie pauvreté, c'est l'absence de sortie de secours. L'absence de rêves.

Je veux écrire le recueil qui mettra le doigt sur une chose très précise que je n'arrive pas encore à mettre en mots. Pierre Popovic dit que la poésie doit être d'une netteté absolue. Je suis d'accord avec lui.

Power scato et full of rage. Je magasine des claques sur la gueule parce que j'aimerais me sentir brûlante. Je n'ai pas encore terminé d'écrire. Tout est un work in progress. Je m'excuse d'avoir commencé à utiliser autant l'anglais. Je pense que je copie quelqu'un ou je passe trop de temps sur mon ordi. Je veux changer le monde avec la poésie. Sinon changer au moins une chose. Sinon juste me changer moi-même.

Pour Jo, Fred Dumont,
ma mère et mon père

écrire dans le noir
écrire dans mon appartement
écrire devant internet
écrire avec mon chat
écrire
you do you
je te crisse pas
j'aimerais inventer une forme
le poème rhétorique
celui qui règle les comptes
    qui argumente
comme dans le rap américain
avec une crew et des lance-flammes
voici ma crew
c'est qui ma crew?

les filles se partagent leur maquillage
autant que leurs croquettes de faux poulet
et traînent sur elles des pharmacies
parce que la vie n'est pas un espace sécuritaire
et la prise de parole : un défi

je suis tellement neutre avec ma calotte blanche
neutral irony
à la biennale de berlin en 2016
les commissaires ont voulu faire sentir
     l'anxiété de l'époque
this is the present in drag
les vieux critiques ont cherché la traditionnelle
     biennale
celle qui aurait parlé des migrants et de la crise
     européenne
celle qui aurait exposé daesh et le brexit
mais non
this is the present in drag
on boit du jus dans un pot de yogourt
le logo de windows 98 brodé sur un t-shirt
une statue géante de rihanna et des selfie sticks
l'ironie permet de ne jamais prendre position
un flottement
une zone safe
un unfaith
l'époque est dry
si on appelle steve jobs à ouija
c'est pour lui parler de l'obsolescence de nos
     iphone 4
moi j'ai pas de iphone
j'ai un android à l'écran craqué
le starter pack de la fille qui prend trop de
     drogues
et j'imagine souvent ma mort
comme une seule façon de sentir du contrôle

LES CHOSES DE LA LUMIÈRE

le 4 juin 1972 huguette gaulin s'immole sur
la place jacques-cartier
luc plamondon écrit *l'hymne à l'amour*
en hommage
diane dufresne la chante, éric lapointe,
garou aussi

le meilleur suicide de l'époque
seul·e dans son bain
avec une bouteille d'eau voss
des pilules de prescription et des drogues
    illégales
le meilleur suicide de l'époque est apolitique
les années 70 sont finies
je ne suis pas huguette gaulin
je ne vais pas me brûler sur la place
    jacques-cartier
pour faire ça il faut croire que les choses
    peuvent changer
avoir une vision
avoir un faith
l'époque est vide
seul·e dans un bain
set-up de jambes et d'orteils pédicurés
tout est devenu post-internet
musique en fond
bubble bath
huguette gaulin a dit : *vous avez tué la beauté
    du monde*
j'ai dit : *pourquoi personne peut réparer mon
    moto g3*
l'époque est apathique
sans échelle
j'ai pas pleuré pendant mon divorce
j'ai pleuré la semaine passée quand mon chat
    a vomi
l'époque est dans le now
l'hyper présent

LES CHOSES DE LA LUMIÈRE

un coupe-vent en tyvek
l'époque est grise
gris core et normcore
il y a un fog partout autour

grand rassemblement d'anxiété
si le suicide d'huguette gaulin est politique
est-ce que le mien le serait
est-ce que mon suicide ne serait pas assez
    un refus du monde
mourir tout·e seul·e est-ce apolitique
il faut être regardé·e
mais tout le monde se regarde tout le temps
on existe online
on est partout
je pense que j'essaie de dire que l'époque peut
    sembler dry
self-obsessed et peut-être apolitique oui
mais c'est la seule position possible dans
    l'hypermodernité
c'est pas de notre faute si le trou dans
    notre ventre
se comble si facilement par une nouvelle
    paire de nike
mon privilège de petite prolétaire accro
    à la flânerie digitale
une lutte sans fin pour un pouvoir d'achat
mon grand rêve sleek instagram
c'est juste pour me sortir de ma classe
self-made woman
pis si j'explique mon poème c'est parce que
sinon on va me dire que je fais juste des statuts
facebook (comme si faire un statut facebook
ou un tweet ce n'était pas une prise de parole
dans l'espace, parce que le cyberespace n'est
pas un espace, et que le virtuel n'est jamais

performé) pis on va aussi me dire que je parle
pas assez de la neige, pis que je fais l'éloge
du consumérisme et que je name drop trop
et surtout que je ne réfléchis pas à la forme :
des vers pis des enter à des places où la respi-
ration ne vient pas naturellement, une forme
étrangement laide pour mettre mal à l'aise

this is the present in drag
vain en crisse, mais on n'a rien d'autre
on peut pas se sortir de l'époque
l'époque est une prison

joy to the world
so much joy
fuck
une ride de taxi de 26 $ parce que je suis juste
    trop conne
et j'oublie que le temps passe
et que le métro ferme et que de jouer à la
    cachette
littéralement jouer à la cachette
dans un bar à trente ans ça ne mérite pas
    de rentrer chez soi
à 4 h 30 du matin
i need to cry my credit card is killing me
that's it cray cray so crazy *joy to the world*
retourne chez toi ou dors sous le banc avant
    qu'on te trouve
le pouce dans la bouche comme une enfant
comfort yourself while sucking the salt off
    your nails
i'm sorry for the english it is just the voice
    in my head
un dieu anglo qui récite des poèmes niaiseux
    ou des jokes
joy to the world quelqu'un est arrivé
on sait pas trop mais
apparemment un messie pourquoi pas, hein
would like to believe un messie un sauveur
    une femme
so what tellement quoi
tellement quoi pendant trois pages et du stylo
    rouge effacé

par la pluie ou par le dessous d'un verre mouillé
c'est juste ça un poème
c'est une feuille qu'on plie en quatre
pour la ranger dans sa sacoche
joy to the world
le dieu is gonna talk for us in every language
there is always a moment where i cross the line

plus rien ne suffit
et même maintenant sans la déprime je ne
    sens pas la joie
ou le réconfort ou la tendresse ou le
    soulagement
ou un sentiment agréable
au neutre
soi pour soi
des rayons de pharmacie
un tiroir de sacs en plastique
et des messages la nuit qui viennent et qui
    font semblant
d'être sans intérêt particulier
juste pour jaser
des mensonges
des dick pics
un contact a manqué votre appel
rappeler
what a world post-messie
joy to the world
so much joy
est-ce un travail, la poésie
haïr comme on a aimé n'inventer rien
joy to the world
un refrain poche de chanson pour faire
    comme un beat
le verbe faire tout le temps
c'est
arrivé
ça
parce que
ma langue ne me suffit plus

me travestir et parler comme une autre
joy joy
luv luv
internet
marde
marde
marde
marde
marde
cray cray crazy
que dire
joy to the world
je rêve d'avoir un bébé comme une femme
	que quelqu'un aime
pas comme une fille toute nue assise
	en dessous
du comptoir de la cuisine pas elle
un bébé comme un messie
un sauveur
une femme
mais je veux la liberté
de dormir jusqu'à quatorze heures pour
	le reste de ma vie
le corps contre la raison
je lui parle à ce connard de corps
je l'envoie chier
le boss : le brain
je lui rappelle que les organes de reproduction
	seront en surplus
les enlever pour perdre une taille de jeans
no need for a messie
j'aimerais écrire doucement

avoir du vocabulaire sans me sentir traître
m'incarner
le plus que je peux donner
ici
je veux trouver le réel
joy to the real world
joy for the real people
en chair et en os
devant une lasagne ou une toast
la poésie doit être d'une netteté absolue
i guess que oui

où je désire marcher
l'art c'est facile[1]
et full of joy

---

1. Slogan des QQistes

c'est pas parce que personne lit ton livre
qu'il est underground

sarah kane sur la toilette
l'amour de phèdre
ça fonctionne bien avec les laxatifs
j'ai envie de le dire
mon rapport au monde est weird
et je suis écœurée de dissimuler
j'ai envie de tout dire
de dire l'anxiété qui ne fait pas répondre
    au téléphone
aux courriels, aux textos
de dire les soupers qu'on annule pour ne pas
    manger
de dire le vin qu'on binge pour être capable
    de jaser

j'ai envie de militer pour des safespaces
    for puking
des cabines douillettes
du pader pour les genoux
des bols propres
parfois ne pas vomir me rushe
m'empêche de fonctionner

vous les mettez sur instagram vos moments
de lecture au lit avec le thé et le chat
et moi j'aimerais en parler aussi
de mes moments sur la toilette
parce que je vais être là toute la soirée
mon ordi sur le coin du lavabo
j'écoute buttress
je lis sarah kane
je cale des verres de sel d'epsom

pas juste du sain
du beau
du gentil
du highlight sur le bout du nez
on cupid's bow
on the cheeks

moi aussi j'aime ça les bains
j'adore les bains
total care
mais mon bain s'il est si doux c'est qu'il a une
    fonction
il calme quelque chose comme un monstre

je déteste le mot fantasme
je le trouve laid, d'une autre époque
$fantasme$
l'écrire entre deux signes de piasse
ça fait plus contemporain
pis c'est vrai que j'ai développé un $fantasme$
autour du cash
je pense que c'est à cause de chaturbate
le son de cloche quand on te donne des tokens
pour un bec soufflé
c'est du conditionnement
à force de se regarder dans l'écran, de chercher
la bonne moue, le bon angle
le désir érotique se tourne vers soi
on trippe sur nos boules, notre ventre, notre
    chatte
c'est nos mains qu'on aime
notre corps
on finit par se baiser soi-même
on s'efface et on se voit devenir une autre
j'ai tellement rêvé de possessions matérielles
des poupées de chez zellers
de la salopette en jean qui m'aurait fait passer
    de l'enfance
à la préadolescence
de ma première voiture
de ma lampe led multicolore
d'un meilleur cell
d'une robe, d'une plante, d'un cossin
devenir un objet de désir
pour lequel on vend son temps

pour lequel on loade sa carte de crédit
avoir une valeur calculable
un chiffre à côté de sa face
huit mille abonnés
c'est rien
fond lilas
fesses en prune
tout le monde se bat pour être ton king
je passais des heures à ajuster la lumière
retoucher le maquillage
choisir le outfit
pour tout le temps me regarder
juste moi
que ça soit à propos de moi
fantasme je pourrais l'écrire avec un selfie
    de chaque bord

l'exercice social est demandant

nous n'avons pas shifté la conscience
ni la mort

lorsque je serai remise de tout cet ésotérisme
je signerai ma carte d'assurance maladie et
sans allégeance à rien
je trouverai
une place
parce que la loi interdit d'être garroché dans
    le vent
j'éviterai
le retour de l'appétit
crème fouettée drizzle au caramel
café chocolat sucre gras
may west
barre mars

transcender sa condition de classe
parfois j'essaie de faire pauvre
pour me faire accroire que je belongue encore
pour garder le goût sur ma langue
une toast au fromage et du jell-o
je ne veux plus porter un regard condescendant
    sur mes origines

je ne sais plus comment en parler
et je ne sais plus comment ne pas en parler
c'est que la pauvreté
n'est pas une option pour une ancienne
    pauvre
je la fuis
je la hais

je n'ai que la richesse devant moi
un paradis
habitat 67
des huîtres
un sea-doo
un sphinx
de la soie
des chirurgies esthétiques
une grosse jeep noire
une piscine
des employés
des bijoux

je me ramasse toujours coincée dans ma logique
du gros bon sens
désolée
quand je parle dans ma tête
je ne parle à personne
et le ritalin me permet d'être
concentrée à 100 % sur ma déprime

toutes mes actions pour m'éloigner des
        souvenirs
tout mon petit change pour une épicerie
et parfois j'essaie de faire pauvre
pour me faire accroire que je belongue encore
mais c'est l'inverse
j'essaie de faire pauvre
pour arriver à croire que je ne le suis plus
que mon esthétique est un choix
comme les petits normies
fils et filles de richards

qui viennent gentrifier les quartiers
défavorisés
mais tsé
on s'entend
personne va jamais aller gentrifier st-victor
    de beauce
un repère de pas rebelles, de pro-trump
de cow-boys du québec
où on milite pour un deuxième walmart
mais pourquoi quand j'y retourne
je retrouve encore une part de moi

le cul entre deux chaises
je suis quand même cette femme privilégiée
qui ne se casse même pas les ongles

je suis
avant tout poète
avant d'être grafignée par mon chat
avant de cuire mon ramen
avant de me réveiller
avant de choisir ma meilleure paire de bas
just poet
of course
avant tout poète
ça veut dire que je n'ai rien d'autre
rien pour me péter les bretelles
pas de beau name tag avec un rôle écrit dessus
que des doigts rougis par le jus de cerise
et des petits poèmes sur mon incapacité
à entrer en relation avec le monde

no matter what is happening in the world
    right now
je relate un peu
mais pas trop
juste assez après quand même pas mal
    de drogues
a new best friend
she is a gemini
et elle m'a offert un bracelet
mais les métaux cheap me donnent des
    boutons
ma peau ne supporte que l'or

je relate jamais assez
pour sentir la vraie douleur de l'autre
parce que je ne sens rien

j'ai voulu parler
voulu dire poète professionnelle
ma langue a fourché et je n'ai rien dit
poètes professionnels
de 8 à 4 devant un ordi
            un bureau
            des collations santé
            de beau prix, des nominations
de vrais travailleurs acharnés
prêts à récolter leur 1070 $ de droits d'auteur
un lectorat en or
gavé aux photos d'enfants et d'animaux
    de compagnie
grande tablée devant l'osso buco

des écrivains à l'image de l'époque
nous avons réussi
l'innovation innove
l'imaginaire transcende le réel

mais j'aimerai toujours mieux faire partie
de l'équipe de ceux qui dansent en bobettes
    et qui ne comprennent rien à la politesse
et aux convenances des gens propres
c'est ça mon vrai deal
le goût weird sous mes ongles
juste ça
me garder un peu sale
pour qu'il en reste demain matin
qu'il me reste toujours un peu d'hier
    à quelque part
entre les orteils, dans le nombril, sous les yeux
    et dans le nez
pour que le temps n'avance pas
pour qu'il s'arrête
pour ne pas oublier
je suis souvent la fille la plus dirt de ma rue
la beauce crasseuse dans la cité de la
    technologie
métro square-victoria
marée humaine
toute cette saleté comme un beau costume

nos enfances ne sont pas des zones clean
où nous allons la fin de semaine
nous divertir et boire des thés glacés
nés laids

quand on feele bien
on se dit qu'au moins on ne pourra que
    s'améliorer

great life
nourris aux rêves
du tout est possible pour celui qui ne lâche pas
je lâche
je lâche comme la vieille conne que je suis la
pauvresse
never believe too much in your dream
personne ne va vous récompenser
d'être vivant·es et de continuer coûte
    que coûte

je suis écœurée de n'avoir rien pour me
    satisfaire
que des sacs topshop qui volent au vent
des dollars dollarama
et le total work of work

je suis à toronto
et je jase sur messenger avec une amie
on découvre qu'on a été violées
par le même gars
on en rit un peu
parce qu'être une fille
et exister dans le monde
j'ai faim depuis trois jours
il ne me reste qu'une caisse de clémentines
j'ai froid
trop froid pour écrire
trop froid pour sortir
mes jambes emprisonnent une chaufferette
alors je reste là
j'ai googlé earthquake in toronto
tout tremble et j'ai les doigts bleus
je pense souvent à quelqu'un qui ne pense pas
	à moi
je voudrais qu'on me prépare une soupe
je voudrais être transcendée par la lecture
	d'un livre
je voudrais qu'il fasse 27 degrés
je voudrais tant de choses
qui semblent toutes possibles et impossibles
	à la fois
hier je suis allée voir une expo de yoko ono
stone piece : choose a stone and hold it until all
your anger and sadness have been let go.
les gens s'exécutaient, ils fermaient les yeux
enserraient les roches magiques de yoko
les voir me donnait de l'anxiété
si seulement c'était aussi facile

aussi facile que de juste vouloir
ensuite dans un party j'ai senti une bière
j'ai eu envie de la caler
d'en prendre huit d'un coup
j'ai texté des poètes : marie d. et fred d.
j'ai dansé un peu
un gars a traversé la pièce pour me prendre
    en photo
je voyais les bières
aussi facile que de juste vouloir
choose a drug or an alcoholic drink and hold it
    until all
your anger and sadness have been let go.
it works. of course
automédicamentée
j'aime ce qui goûte mauvais
trois mois de sobriété
je traîne toujours sur moi
quelques xanax, ritalin, concerta
au cas
j'ai une pharmacopée at home also
je n'y touche pas
la garde en secret
je cope, je cope
je combats
trois mois, easy shit
j'ai réussi
je suis guérie
at last
saine et sauve
sur un nouveau bateau

exit l'autre moi
celle qui se réveillait nue
sur des pelouses dans l'est de montréal
mais ça ne change rien
je m'écrase dans les après-midis de mars
j'avais prévu autre chose
je voulais sentir ce que les autres sentent
cesser d'effrayer
me présenter comme une jolie douceur
pastel candy
plutôt je m'allonge
j'essaie de garder le cap
middle
ni haut ni bas
les tapis reviennent
ils sont là et on les néglige, les tapis
le mien est rouge, bleu, ocre et rose
avec de petits extraterrestres perses
on doit les regarder de très près pour les aimer,
    les tapis
ici à toronto il est beige
j'y ai trouvé une rognure d'ongle
je l'ai gardée pour me cloner une personne
struggling with human connection
j'entends des avions ou des ufo's
je dors avec un chien noir
i got matching underwear
parce que je pensais me faire voir
mais les yeux du labrador ne perçoivent pas
    le rouge
girl, you got it figured out

me dit le gars qui a OD drette là cet hiver
juste là, il pointe le dessous du bureau dans
    son studio
pas ODed
il a été empoisonné
il faut savoir parler en termes justes
de la crise du fentanyl
j'ai chaud
j'ai chaud maintenant
parce qu'
une semaine a passé à l'intérieur du poème
je ne suis plus au coin de dufferin et dupont
je suis dans oakwood village
cosy living room
je dormais avec mon ex
mais je ne dormais pas
je rêvais d'écrire une phrase au nous
mais elle ne venait jamais
la plante, le chien, le sectionnel, le soleil se lève
pas une goutte de sommeil derrière les
    paupières
j'ai mis les cuillères au congélateur
je me retiens de t'envoyer un courriel
what a generational gap
choose someone and hold it until all
your anger and fear and sadness have been
    let go
snow erea (sic)
annonce le panneau de plywood
dans le fond de la cour pas de neige
on ne respecte jamais les ordres du verbe
insomnie éternelle

le projet de te parler ne me lâche pas
une obsession
tu remplaces six verres de vin
j'ai respiré autant que possible
la bouteille de mescal
mis un peu sur mes lèvres
du lypsyl pour addict
pour soigner
on ne me félicite pas
assez de résister
choose and hold and let go
j'aimerais me contenter de roches
mais il semble que le monde
ne sera jamais assez pour moi

canaliser la colère
organiser le désarroi
je touche une plante toxique
j'ai treize drogues
une collection
je regarde des hérons
un gars fume sur moi
je parle je parle
à vide
je découvre un lieu près de l'incertitude
on dirait que je t'ai trompé
je promène un corps
je marche à l'intérieur de lui
je devine les obstacles
je détourne les usages
j'achète une robe
je la laisse par terre
un grand trou gobe tout
je voudrais être plus que moi
k
i'm a fucking liar
pour vrai
vous comprenez
je couche avec toi
et ensuite je me donne des coups de poing
    dans le ventre
je me plante un crayon dans la main
je commande une autre robe en ligne
mes yeux font le signe de la fin
tu avais l'air exaspéré. tu as dit : *est-ce que
    tu viens des fois ?*

la question m'a blessée. tu connaissais mes
traumas. j'ai continué. je me suis dit que je
partirais dès que toi, tu viendrais. je pensais à
ma robe sur le plancher. je continuais. j'imagi-
nais remettre ma robe et partir. je ne voulais
plus te regarder
je dis des mots comme
identité
ego death
autoreprésentation
des idées comme des chevaux de troie
laissez-les entrer dans votre tête, please
no harm will be done
je promets
vos forteresses ne s'effondreront pas
vos certitudes ne bougeront pas d'un poil
je me sens seule
je me sens toujours seule
j'ai une écharde dans le moteur
j'ai un cœur dans le moteur
je n'ai pas de char
dans un pays où il en faut un
hier je me suis versé le pied avec mes
    nouveaux souliers
j'ai pleuré
je n'étais pas blessée
j'ai juste commencé à pleurer
marcher drette
pas basculer
pas tomber sur le côté en plein milieu
    du trottoir
(le gif de la petite fille qui s'effondre sur
    la plage)

je ne sais plus comment être
je marche couchée
le front au sol
je plie de tous les bords
quelle force de ne pas casser
vaut mieux être un roseau qui capote
qu'un gros câlice d'arbre right
ici il y a une fracture
j'aimerais écrire une poésie qui ne passe pas
par la performance orale. j'ai trop lu. j'ai joué
mes poèmes. la tristesse, la colère, la détresse,
l'humour. je suis devenue une actrice. je veux
une poésie douce comme une liste d'épicerie.
je veux me fondre dans le papier
je veux un thym antillais
je veux une vie
je veux trouver quelque chose de nouveau
découvrir un espace sacré. au moins un seul
je veux des tables
une odeur de violette
un néon pour les plantes parce que le soleil
     ne vient jamais
une eau citronnée
des combats à armes égales
des routes pour revenir de l'enfer
je veux une pause
je veux la fin de l'apathie
je veux un sentiment
une claque
une main tendre
un melon avec pépins

un chat éternel
une journée de sommeil
une pause
j'ai échappé mon poème dans la toilette
alien abduction a really depressing eating
show i'm not ok i almost rode a bus i'm doing
porn now eating chicken quesadillas with no
pants on i don't trust the outside world my
boyfriend isn't real the devil is inside my
closet they called the cops on me at my own
birthday i'm doing weird things in public
i peed myself again coming clean pregnancy
scare 1 girl 1 mattress bam he's leaving me
things I can fit in my mouth happy again...
i've disappointed everyone drunk at disney
dressing up my new boobs rescuing dragons
update i actually eat a salad for once drunk
and horny HEY FAT PEOPLE! drink some
milk with me before bed when all hope is
gone today i'm an illusion let's talk socio-
paths i have a concussion right now anxiety
+ runny diarrhea i'm gay i'm a chicken nugget
i'm no longer a person i did a bad thing a conversation with a boot watch me eat a bloody
horse heart abandonment i'm going insane
this need to be said i'm ok drunk eating my
weight in chinese food i owe you an explana-
tion my hidden talent / my deepest shame
getting real emo the truth my entire life led me
to this moment how to trick yourself into
answering your questions playing truth or
dare in front of cops talking about fear and

LES CHOSES DE LA LUMIÈRE

death becoming chip dust how to be a forever
alone narcissist the truth about me revealing
secrets at the park during an autumn sunset
teen rebellion on a swan in my mom's pool
happy birthday crying in a graveyard doing
ecstasy on a swan I was arrested I'm not ok
footage of my breakdown my intervention
fruit + carrots + coldplay + bad dreams +
pringles + survivor + pop corn + gum + tostitos
+ pee, park, pistachios and game of thrones +
frozen pizza + the voice inside sings a diffe-
rent song I'm hiding in a laundromat and I'm
not coming out I am elevating the human spe-
cies having a bath and screaming bleaching
my eyebrows with my ego trick yourself into
not being lonely crying at a baseball field
confessions from the grass coming out as gay
on a hammock becoming oprah a dream is a
wish your heart makes getting what you want
by being an evil genius the worst breakdown
of my life shade on a summer day say my name
meet my girlfriend goodbye running drunk in
love with a machine
pourquoi tant de frustration?
parce que

LES CHOSES DE LA LUMIÈRE

le prochain vers sera à propos de toi

les tulipes peuvent être mortelles pour les chats
je stresse en pensant à la mort de Salée
je stresse en pensant à la façon dont
    je disposerais de son corps
j'imagine encore une fois aller crisser des
    choses dans le canal
maintenant on fait du glamping
là où trois hommes en situation d'itinérance
se partageaient un spot il y a quatre ans

mes visages ne se correspondent pas
j'accumule les boucles d'oreilles sur les trottoirs
les douces claques
les ghosts
les morsures intérieures
je ne suis pas mythomane
seulement mélangée entre les possibilités
du réel

on accorde de l'importance à
la sincérité :
totale
l'authenticité :
totale

Je prends un cours de philosophie en ligne
donné par une rappeuse américaine. Je me
demande ce que ça donne comme mélange
phénoménologie + occultisme. Je n'ai pas
encore la réponse. Elle viendra. Laissez-moi
du temps, je vous en prie. J'aimerais digérer
avant de recracher. Penser un peu. Me poser.

LES CHOSES DE LA LUMIÈRE

je dois écrire le texte et écrire le texte autour
du texte et aussi vivre le texte et vivre le texte
autour du texte

et vous votre job c'est juste de le lire
et de décider si vous aimez ou non
et vous avez tout le pouvoir de me réduire
    à rien

dans une table ronde à mcgill university
j'ai dit : *ben moi, j'en ai pas de pouvoir*
en m'adossant dans ma grosse chaise en cuir
comme une bigshot
no power suit
j'avais choisi mes vêtements pour paraître
    intelligente
et pas juste fourrable
il faut savoir se faire respecter même si c'est
    comme impossible

Je regarde les milliers de mouettes qui
relaxent au bassin Peel. Le canal est sur
la terre. Ils font ça au printemps. Le vider.
Racler la cochonnerie dans le fond avec de
la machinerie. Je descends dans le canal.
Je me couche et je me repose comme une
sacrée vieille mouette. Repue. Qui a bien gueu-
lé et qui maintenant prend le temps de regarder le ciel. Le soleil blanc d'avril.
la lumière parfaite pour la photographie
mais le vent gèle les doigts

LES CHOSES DE LA LUMIÈRE

fait couler les yeux. le maquillage le fond
    de teint
dégoulinent sur le col de ma chemise
me donnent l'air d'une dégueulasse

je crois à l'altérité totale
j'en rêve

j'ai hâte qu'on puisse faire des voyages dans
    la tête des autres
un forfait à gagner
je choisis britney
ou toi là-bas à east broughton qui travaille
    dans une shop
l'ère industrielle est finie
so personne ne parle de ta vie
personne ne te défend
personne sait qu'on ramène le stock
    du mexique
qu'on ouvre le sac et qu'on écrit
made in canada dessus pour le vendre
    plus cher
personne sait qu'à ta job un gars est mort
    dans sa machine
tu l'as ramassé
tu as moppé en arrière
altérité totale

le corps contient l'esprit
à travers lui nous expérimentons le monde
mon ongle contient une autre magie
ma main

des jointures pour me battre
alien vs predator
performance totale
sleeping in a bathtub
nous avons tous besoin d'un peu plus de temps
    pour penser
et d'une grande paille
pour respirer en dehors de ce qui nous entoure

j'ai une coulisse sur la joue sur ma photo
    de passeport
quelqu'un aurait dû m'avertir à la pharmacie
dix ans à traîner ma larme sur la planète
la montrer à chaque frontière
voici mon identité et ma larme
canadienne, femelle, 5 pieds 3, bla-bla-bla
ma goutte
ce n'est pas de la tristesse
seulement du mauvais urbanisme
courant de vent
parc bonaventure
bravo m. coderre pour ce bel espace
on sort de la tour de la bourse
et on pleure entre deux autoroutes
devant le skyline de montréal
tellement super now
des pleurs sous la pluie
version rufus wainwright *going to a town*
on ne pleure jamais pour vrai dans ville-marie
ni dans le mile-end
just the wind
le béton se couvre de

morve
un déluge
de mélancolie
d'épreuves
de sentiment d'inaptitude
de détresse
d'amertume
de solitude
christie on pleure pour vrai, mais on le dira pas

fuck those people
je me suis fait greffer une branchie
et une plume
for god sake
je suis une femme
et je suis devenue instantanément un mythe
final cut
version totale
métamorphose
totale totale

j'aimerais que vous puissiez ne rien
    comprendre à mon travail
je pourrais dormir
parce que je m'en crisse un peu de vous
mais non c'est une joke
entendez tout
cherchez le sens
parce qu'il y a environ six variantes de moi
    dans ma tête
et qu'elles ne s'entendent jamais sur une ligne
    directrice

il est où le discours
le slogan
le poster
le jeu du langage
de la poésie
je m'enfonce
je coule dans la bouette
le fond du canal est rempli de trésors
dont je me pare

un ballon de basketball
des poissons morts
des particules de plastique
aux mouettes, on dit : *ferme-toi-la*
mais on me paye pour écrire
alors je continue même si je me sens
    speechless
kjkuyfkkkkkgkuykuyf
jjolababa 424242424
iiii
ualu

fred dumont m'envoie des messages
chaque jour pour me rappeler de manger
    une pomme
on s'entraide
on s'entraîne
à rester en santé
parfois il écrit :
j'ai trop bu de café
et je réponds :
moi aussi

et d'autres jours c'est plus triste que ça

je me pratique à poignarder
je pense que vous n'existez pas
je suis seule inside my mind
je voudrais tout montrer
mais à qui ?

fuck you all

je dis je, mais je dis tunousvous
j'aimerais mieux être une rappeuse
ou une travailleuse communautaire
c'est trop facile
de penser
qu'on change le monde
avec des phrases
et je veux juste changer le monde
s'il vous plaît
let me do it
et
ultimement
je vous souhaite de trouver le courage

Trash : On m'a dit qu'on me trouvait trop trash
pour participer à un projet. Trash, of course.
Trash comme Dorothy Allison dans le fond
de sa campagne et de sa pauvreté : *Trying
always to know what I am doing and why,
choosing to be known as who I am – feminist,
queer, working class, and proud of the work
I do – is as tricky as it ever was*[2].

« Genre qui évoque une vie et des valeurs
liées à un monde glauque, comme la saleté, le
sexe malsain, la toxicomanie et la violence. »
Je comprends qu'on puisse qualifier mon
travail de trash. Je suis juste annoyed qu'on
n'arrive pas à le replacer dans une histoire
littéraire liée à des conditions sociales.

quand on me dit que je suis trop trash
on me dit que mon trop peu de capital culturel
que mes manières de fille de la Beauce
que ma jeunesse à servir de la bière
à des monsieurs cassés en deux par la vie
que mon expérience du réel ne vaut rien
of course que ça ne vaut rien
of course que je suis trash
je m'appelle maude veilleux veilleux
veilleux ma mère
veilleux mon père
je ne bois jamais de negroni

---

2. *Skin*, Dorothy Allison.

mes papilles n'ont pas développé d'intérêt
    pour ce goût
j'aime juste les huîtres en canne pis le thé
    trop infusé
je parle de ma chaise de pauvre

ma chaise dans mon garde-robe
assise juste à côté du chauffe-eau

Trash is politic. Pas juste une esthétique pour
faire cool. Si on a l'air d'une gang de toxicos,
c'est peut-être aussi parce qu'on vient de
milieux pauvres. Qu'adolescent·es on a commencé à s'automédicamenter parce qu'il n'y en
avait pas des psys dans nos écoles de région.
Et, on est des poètes.
Of course qu'on est des poètes. On n'a rien
d'autre. Notre seul name tag. Rien d'autre pour
se péter les bretelles avec.
Tu veux nous enlever notre légitimité. Tu fais
comme on m'a toujours fait, tu fais ce que les
bourgeois font, tu me dis d'arrêter de parler.
De ta chaise, peut-être que d'essayer de changer des choses, ça sert à rien parce qu'anyway
tu vas pouvoir continuer à boire tes negronis
et passer tes étés au bord d'un lac, mais pour
moi ç'a jamais été comme ça. Si je suis sortie
de la Beauce, des bars, c'est pour être poète.

Puis, à la Foire agricole de St-Honoré-de-
Shenley, quand Alexandre Dostie gagne le
premier prix du concours de talents, et que
le lendemain les gars de la scierie débarquent
au stand de l'Écrou pour acheter des livres,
je sais que notre parole est importante et que
notre poésie se rend là où elle doit se rendre.

le téléphone sonne
dead drunk
on dort sur le même matelas depuis 54 ans
j'ai pas rapport
je délire
folie furieuse
il y avait toujours quelqu'un pour crier
    à la tempête du siècle
j'en ai besoin
je le veux
et tu me l'as enlevé
tu parles à qui bb
une cigarette
un hamburger
fuzzy buzzing
junk
intérêt marqué pour les souliers et les cheveux
je prépare vingt vengeances

la pelouse jaune
devant ta maison
me rappelle que bof
tu es mort

pale blue eyes
going to the opening of everything
even a toilet seat

défaire les nœuds
des émotions weird

entre mes parents et moi
la télé[3]

rien n'est seulement personnel
cette conversation n'est peut-être pas un bon
    lieu de parole
cette conversation n'existe peut-être qu'avec
    moi-même

au milieu des années 90
j'ai commencé une relation avec ma télévision
puis avec mon ordinateur
puis avec ma boîte courriel
puis avec mon téléphone

eille j'ai failli tomber sur le trottoir en fumant
imagine si je m'étais empalée avec mon vape

C SUPER GLISSANT
super dangereux
la glace noire
a failli me tuer 56 fois
R I P[4]

super dangereux

je me suis fendue
six fois entre les deux villages
ma tête a deleté
la map des rangs de ma jeunesse

---

3. Hugo Nadeau
4. Frédéric Dumont

j'avais besoin de place pour ranger
un mauvais pli

papa tout petit
plaisir de pepsi dans ton char
13 $ de l'heure à sabler de la fibre de verre
poumons massacrés
petite embolie
petite perte d'emploi

dans une fête d'enfants
je ne parle pas
je suis l'adulte bizarre
suspecte
inadéquate
à qui on ne confie pas
la responsabilité de couper les carottes
trop dangereux

j'aligne les souvenirs
les années du réalisme magique
andré forcier style
un feu de pneus
des minimotos
les plus beaux surnoms comme chevreuil,
        carnaval et ti-fou
le chat avait fait livrer un voyage de terre
dans l'entrée de cour de l'amant de sa femme
m. courville arrivait en limousine
la bedaine à l'air
s'installait pour un round aux machines à sous
puis celui qui rêvait de devenir drummer

le mythomane pilote d'avion
l'agoraphobe en rémission
plusieurs moyen-héros et leurs sidekicks
et presque jamais de femmes
je sais pas elles étaient où les femmes
parfois elles appelaient pour parler à leur mari
c'est à ce moment exact
que je devais devenir traître ou menteuse
la bonne réponse, toujours la même : *désolée,*
    il est pas là

ils ont retrouvé
le doigt
un mois plus tard
en dessous du napper
il était noir

quand il boit
il commence à grouiner
c'est le cri des animaux qu'il tase
à la journée longue avec son bâton électrique

le téléphone ne sonne jamais
et je dors sur le même matelas depuis onze ans
qui veut jouer dans mon film ?
voici mon adresse courriel :
    maude_veilleux@hotmail.com
voici mon numéro de téléphone : 438 935-0344[5]
voici mon adresse : 36, rue queen, app. 302

---

5. Je ne copie pas Daniel Leblanc-Poirier dans le numéro 175
de la revue *Estuaire*. Il m'a dit : *No stress, c'est dans l'air
du temps.*

c'est un film sur la littérature
il faut écouter
je vais parler tout le long
un film sur
un poème loin de l'oralité
et du lyrisme diabétique
je n'y arrive pas
un skittle mauve qui veut crier
sur sa condition de skittle mauve

personne ne saura c'était comment à la fin.
juste moi. et juste moi, ça vaut rien. je vais
partir avec tout. tout dans ma tête. puis ça
n'existera plus. j'ai peur de me brûler le
cervelet. j'ai peur. j'ai vraiment peur. je ne
suis même pas certaine que ça va marcher.
comment s'en assurer ? il faut tout prendre.
j'ai vérifié les doses létales. séparé ce qui peut
s'ingérer sans faire vomir. crushé le reste. tout
sniffer. je commence par la kétamine. je vide
la fiole. c'est pas évident. je prends des pauses.
ayoye. je suis stone. trop stone pour continuer.
je m'allonge un peu. je regarde l'heure sur mon
téléphone. j'ai un message. il faut continuer.
je lis le message. il faut continuer. je réponds
au message. il faut continuer. un autre message entre. je texte fred dumont en plein
milieu de mon suicide. hahahaha. wtf câlice.
je ris en plein milieu de mon suicide. je ne
pleure plus. je ris. fuck me, right bb. j'ai encore
raté ma shot.

être une bonne personne

c'est quand même pas compliqué
la méthode se dicte d'elle-même
quelque chose ne saurait exister
que dans un gazon mort
je voudrais qu'on ne m'écrive jamais
qu'on ne me parle qu'à travers les livres
que je choisisse de vous entendre
on parle trop
on dit tout
fermez-vous-la
mon chat m'énerve
veut de l'attention
je n'ai rien à offrir
je n'ai jamais dit que j'allais vous donner quoi
    que ce soit
c'est l'épuisement là
à tout le monde
je réponds que je suis un foin sec

j'ai volé un fromage vegan à l'épicerie
en contrepartie j'ai oublié la litière sur la caisse
je n'arrive même pas à être une vraie klepto
je m'étais dit : je le mérite ce fromage
je me fais chier
je travaille comme une malade
j'ai faim
il coûte huit piasses
je le veux
un cadeau

j'aime voir les choses mourir autour de moi
ça me donne l'impression que tout se calme
que j'aurai la paix
c'est dangereux comme pensée
mais comprenez
j'écris le même livre que douze autres
    personnes
je n'arrive même plus à prendre ma douche
ni à sortir
ni à parler
alors vos histoires
je les aligne comme des tâches à supprimer

je continue de regarder la poussière
elle me paralyse
me bloque le chemin
m'oblige au divan
le chat s'en mêle
mon téléphone
allô allô allô allô ALLÔ
tout m'empêche
et quand ce sera fini
ça recommencera
again and again
i'm such a downer
je sais : fais du care
je me plante un ongle dans l'intérieur
de la main
j'ai peur d'être oubliée
je peux faire un petit mot pour vous dire
    que je ne sais pas
je cache des sens dans les mots simples

être poète c'est être humain
je suis en train de faire le nécessaire
pour le moment je suis en train de faire
    le nécessaire
oui
mes cuticules
l'intérieur de mes joues
la peau de mes lèvres
j'arrache
ton chat va mourir un jour
fuck je sais
je sais
je sais tout
la vie
elle passe vite
et certain·es en ont une pire que moi
un ami me raconte ses meals
galettes de viande pressée
congelées paquets de douze
tu avais parlé de la précarité des écrivain·es
à la médiathèque gaëtan-dostie
c'est vrai
au moins une personne se souvient
je voudrais parler de la précarité de tout
    le monde
mais surtout je voudrais
trouver et offrir du réconfort

bonne personne, right bb
le temps me court dessus
un vieux foin sec

ce n'est pas la peine de se retrouver en pleine
    nuit
il faut juste me croire
je suis juste
en train de capoter un peu
je suis moins folle qu'avant
i swear
je chante *the winner takes it all*
je lève les bras j'applique un style total
et un jour de l'an prochain
je veux être là pour vous dire merci à tous
    et toutes
parce qu'en ce moment
je suis en train de faire le nécessaire

j'ai eu la chance d'avoir une idée
j'ai acheté trois mille dollars de vêtements
    en ligne
je suis un cul
une crisse
je rêve d'une clé
il faut bien compulser dans quelque chose
je ne me vois pas vieillir
peut-être devrions-nous apprendre la
    persistance
pour résister à l'abject
blah
ils ont retrouvé
le doigt

elle me raconte l'histoire
me défile les accidents
les amputations

les frôlements de la mort
vous connaissez ce sentiment
quand le char commence à déraper
quand la portière s'ouvre devant votre vélo
quand votre chandail se prend dans la machine
quand le pied glisse dans l'escalier
vous voyez une fin en éclair
ça n'arrive pas dans mon salon
à part quand je m'étouffe dans mes skittles
je suis préservée d'une vie qui me défonce
    le corps

inadéquate
le présent loud
peut-être qu'on m'écrira pour m'envoyer
    dix mille dollars
je serai riche
je pourrai acheter le fromage vegan
il me faut des idées
féministes/inclusives/super now
une forme nouvelle
mais la vie me défonce la tête
je voulais participer à l'étude anapharm
ils m'ont dit que je devais avoir consommé
    des opioïdes
dans les douze dernières semaines
sorry sept mois de sobriété
dilemme total
est-ce que je les crushe les oxys
volées à mon ami charles quand il s'est cassé
    la clavicule
we all want a happy ending right bb

being sober m'aide
oui
mais je me sens loin de moi quand même
juste plus soft
j'essaie d'être saine
mes addictions se déplacent
compter jusqu'à huit
me gratter
sucer les ceintures de char
money

je mène une double vie
maybe triple
à la lueur de rien je shapeshifte
ego break
toi, tu connais laquelle ?

je shine avec ma chip imaginaire
je vais les prendre les oxys
garder le secret et ma pride
absoudre la volonté
money
tu me parles de schopenhauer
de l'absolu
d'un idéalisme
d'un très grand désir de vie
je veux
vouloir
oui oui

donnez-moi ça
je commande le très grand désir de vie
dans un sac ?
non, j'ai le mien
merci, à bientôt
bonne journée
je sors
wandering at night
oups, j'oublie mon très grand désir de vie
    dans l'autobus

sans le wifi on me coupe d'un lieu où j'existe
me coince dans un univers de corps
de viande
j'aime mieux parler avec les doigts
et j'aime encore mieux ne pas parler
je veux rôder à deux pieds au-dessus du monde
être invisible comme une enfant à la table
    des adultes
discrète
à qui on ne s'adresse pas

je me suis acheté un t-shirt des pussy riot
et j'ai changé la Russie
put it in my cart
ma carte de crédit sauvera le monde
l'art pour l'art
je ne composte pas
sorry mama
i'm a random hoe
une tendance

time is precious
l'attente horrible
je suis grise
avec de gros yeux
un poisson qui glisse entre les mains
j'ai peur du cancer du cerveau
honnêtement j'ai peur de ne pas mourir
une fois j'ai soupé avec une thanatologue
elle m'a avoué que les corps
ne se décomposent presque plus
on clenche les pharaons
on devrait le savoir
je ne veux que pourrir
genre tout de suite
en commençant par les bouts
et que ça gruge le reste
retourner à la terre, bb
devenir un foin jaune
un bon organisme dans le cosmos
dans la chaîne de la vie
hakuna matata
se nourrir d'insectes
vivre dans un marécage
ne plus jamais répondre à un courriel

pourquoi j'attends toujours un texto ?
j'écris la phrase et le texto rentre
magie
emoji de poulpe

0.014 grammes de CO_2 s'ajoute dans
   l'atmosphère
pour rassurer mon cœur inquiet
il faudra quand même détruire un peu
   la planète
le repos n'existe pas
même mes mouches sont en préburn-out
la dépression dans l'au-delà
j'ai les couleurs pâles
de celles qui n'existent quasiment pas
lilas
look i'm living now
look look
je suis sortie
promener ma face
je suis allée chez toi
tu m'as dit :
il va falloir que ça arrête un jour, autant
   arrêter tout de suite
blah
c'est mon motto
tu me l'as volé de la bouche
j'ai remarché le chemin
je suis retournée dans mon appart
j'ai mis julie masse
c'est zéro

quand la shop a fermé
ça a starté une frenzy d'abba au bar
on écoutait *fernando* quarante fois par jour
every hour every minute seemed to last eternally
c'est drôle ce qui se canalise dans la pop

les monsieurs dansaient sur les tables
    en se disant
qu'ils ne cloueraient plus jamais un trust
    de leur vie
leur dernier chèque de paye
tombé dans les comptes perdus
la fausse faillite de la shop grugeait le village
ils haussaient les épaules et buvaient leurs
    inquiétudes
crois-moi sincère
on a juste dix minutes pour vivre
m'as pas pleurer pour une job
une semaine plus tard le bar était encore plein
des faces longues
l'avenir
et puis quoi maintenant ?
quoi ?
j'avais dix-huit ans
aucun conseil
aucun insight on life
une autre grosse budlight
can you ear the gun, fernando
les monsieurs ça pleure aussi
et on dirait que c'est encore plus triste
parce que ça sort d'une place bouchée

leave without me i'm home
when i am here, i am here
ta photo n'est pas sur mon mur

ta photo est quelque part dans mon google
    photo
stockée entre trois mille selfies de ma face
quand je te cherche

je fais juste me regarder
it is funny
so fucking funny
pure joy
regarder ma face dans la lumière spéciale
de ma lampe del
makes me feel a feeling
je suis une fille fashion qui aime la pisse
mon look fantôme
sorcière mélo
les gens me regardent sur les trottoirs
un genre triste
j'ai le gros pack affliction
un jour j'aurai les cheveux aux pieds
et je serai tellement triste
vous pourrez vivre votre catharsis
juste en me voyant passer
pour l'instant
on me dit que je fais peur
parce que
comme mon amie mélopée l'explique
les filles comme nous
ont pas l'air de boire des verres de lait
which is true
parce que du lait c'est dégueulasse

je ne suis jamais la bonne version
de la personne qu'il faut être
you do you
je te crisse pas

i do something
me frappe aux tympans
coucou coucou
la maladie mentale
j'ai laissé toutes les portes d'armoires
    ouvertes
j'ai colorié mon avant-bras au sharpie noir
mis du rouge à lèvres sur mes paupières
me suis arrachée la peau
demandé à mon chum de me casser la gueule
coupé un peu ma jambe avec un couteau
on n'a pas ben ben le droit d'être fâché·es
ou déprimé·es ou folles
on va se le dire
il faut préparer demain sur l'énergie
    du désespoir
who am i kidding
je n'ai nulle part où aller
mon crayon
mon avant-bras
mes rêves gore
on est coincé·es entre deux dj sets un peu
    moyens
on n'y peut rien
néant total

money

i'm getting fixed
j'essaie
toujours trash estampé dans le front
mais j'essaie

la grosse face du super now sur nous
le passé par en avant
mais dans le présent quand même
je suis nue sur la toilette
à la radio renée martel chante
j'ai un amour qui ne veut pas mourir
le début d'un film poche : mon matin
je veux des amours mortes
tu me doigtes dans le parc la fontaine
je voyage dans le temps
j'ai quinze ans
je suis une autre personne
je mens à tout le monde
je devrais sentir de la culpabilité
je ne sens rien
seulement l'envie d'une toast
une faim
insatiable
j'ai mangé
une tablette
un tiroir
toute la journée

j'ai des flash-back de binge eating dans
    l'accent rouge
au bout du rang j'ouvre la porte du char
et je vomis sur la terre
transcender toutte
you trash
je pue
je pue

une sincérité radicale
quelqu'un répond : *quand tu dis « je pue »*
je trouve ça vraiment cute, je vais en parler
    à mon psy
parfois ça fait vraiment du bien
de passer proche de la mort
un beam de lumière
la k sauve des vies
effet instantané
se tuer demande une énergie du pas possible
alors si vous pouviez procéder à ma place
reconnaissance totale

pourquoi tous les dudes
nous récitent l'intro de *lolita* dans le lit ?
ils la connaissent par cœur
lolita, light of my life, fire of my loins. my sin,
    my soul
oui oui plein d'assonances
un rythme

vous y voyez un amour qui bouffe l'âme
vous capotez
espérez en secret que je vais vous extraire
    de vous
mais là moi je suis écœurée
je veux juste quelqu'un qui cuit les toasts
    à la perfection
qui aime le bain propre
les plantes arrosées
qui gratte mon dos le soir
je ne veux pas l'amour comme un craving
je veux dormir sur mes deux oreilles
avec l'assurance de ta présence
mais oups
je pense que je t'ai trompé toi aussi
anyway
britney right
so much joy
un bout de lèvre en moins
ils ont trouvé le doigt
la nuit je mens
et le jour j'écoute alain bashung en boucle
je m'assois devant le théâtre centaur
je regarde les touristes
j'espère en secret gâcher toutes leurs photos
avec ma bouche par en bas again
being tough means wearing a tough jacket
    (marsha campbell)
mais je crève sous ma veste
je veux tout sentir

j'erre dans le centre-ville
j'erre dans les souterrains
me ramasse à la patinoire du
    1000 de la gauchetière
j'attends que noël passe
quelqu'un à côté de moi lit *cytomégalovirus*
    de guibert
j'attends encore que noël passe
je ne sais plus comment sortir du labyrinthe
    de miroirs
je suis tombée en panne
i'm slowly becoming *sue lost in manhattan*
j'habite une ville imaginaire
où je ne trouve jamais de subway
pour aller pleurer
je me cache ailleurs et j'écris des lettres

je les envoie au 6659 de lanaudière
parce que trente millions de kilomètres
me séparent du reste du monde

les vagues sur le bassin alexandra
les bouées de pneus
la feuille orange
le botch de cigarette
habitat 67
les mouettes
la tour rouillée
le silo
les trente lampadaires

le plafond atmosphérique
le vent
la femme en rose
son mari
l'entièreté du port
de la ville
à garder dans ma tête
pour plus tard
quand j'aurai peur de lâcher mon divan

21:27
brocoli
une idée géniale
une soupe
la couleur jaune
un nuage

des rivières avoir
voir un corridor
le bbbbbbb
c'est comme ouija
on me dit : *je suis un thérapeute télépathe*
rien
des oppositions
la durée d'un ?
life goes by – madonna
un ulcère d'estomac
rien
une poker face (ça je l'ai entendu dans la vie)
le chien de mon père

on me dit : *mange des protéines*
michaël trahan
le cinéma du parc
qui meurt le plus dans le néolibéralisme
applaudir pendant quarante-sept minutes
j'ai faim
un cheval
une truite
la nuit avec des étoiles
c'est plate
une vie d'hésitations
toujours le nécessaire
j'accumule les claques
capacité d'abnégation reconnue
je marche penchée
je suis gentille

gentille maude
je cherche un lieu
because life has to always be magic right bb
le vide
je consomme une nouvelle personne
je couche devant sa porte
je t'en parle
tu me dis que je suis selfish
coincée dans un présent perpétuel
puis la conversation dérive
j'ai ce pouvoir de m'en sortir sans peine
i'm a fucking liar
une reine

je veux tout
demain je vais aller chercher du vin
demain je vais me saouler
demain right bb
i fucking love myself
demain sera un jour heureux
grand nettoyage
donnez-moi-la la sortie de secours
le ciel picoté
le tapis
un coup de poing dans le ventre
un peu de sang
la sobriété me rend moins en colère
oscillation -> apathie – déprime
un robot dans le corps d'une fille
demain. je. vais. feeler. de. quoi.
demain. va. me. rentrer. dedans.

on prend un bain
pendant ce temps on cherche pas à s'exciter
position étendue
inventer une drogue pour pleurer
avec mes ami·es de l'internet
nous rêvons d'
une piscine et de streams d'eau gazéifiée
de bonbons, de passages secrets entre les
    appartements
de façon générale nous n'allons pas très bien
sos solitude
c'était écrit dans le sable

nos vies
connectées dans la lasagne du savoir
   et des communications
dans le réel
nous avons essayé de nous rejoindre
mais au-dedans de nous et au-delà
   du ménisque
il n'y avait nulle part
les arbres ne poussent pas
un white noise
no pain
no pleasure
un buzzing
pouvez-vous nous faire croire à un congé
ouvrir la porte
keep us warm
pour le temps qui vient
s'il existe

mettons
money money
pleuvoir sur nous
des chaudières de joie
un macrocosme de vraie magie
à propos de l'afterlife : *and i'm really scared
   that it's nothing*
because that would be beyond boring
après
nous nous sommes mis à parler
à parler tous les jours

à se donner des migraines
se les passer d'un à l'autre
à se casser le scaphoïde
c'est un os dans le poignet
tu me l'as écrit le 7 mai
j'ai répondu : j'ai peur que mes yeux explosent
random hoe
treize virgules neuf kilomètres
séparent nos appartements
je connais toutes les routes pour me rendre
    chez toi
je voulais tout marcher pour aller te montrer
l'article sur la dépendance à la cocaïne
des anguilles électriques
ami total
oui
ami total

tu avais trouvé quelque chose comme une
    branche
et moi, j'avais une feuille sous un viaduc

rien d'autre
peut-être une envie de pipi
mais vraiment rien d'autre
on y croyait presque
je t'attendais
et je me lançais des poignées de terre dans
    la face
pas vraiment de la terre

plus comme la poussière sale du trottoir
avec des botchs de cigarettes dedans
ouais plus comme celle-là
pour patienter
si seulement j'avais trouvé
du divertissement dans l'attente
si seulement j'avais vu
quelqu'un prendre une plonge en bicyque
si seulement un enfant
avait mangé un pissenlit en puff blanche
j'aurais pu rire
puis tu avais crié : *dude, va-t'en de d'là, c'est
    dangereux*
et je ne t'avais pas écouté
j'ai commencé à sécher vivante
juste assez lentement pour ne pas m'en rendre
    compte

moi aussi j'ai déjà eu 5000 $ dans mes reers
c'était avant ma deuxième dépression où j'ai
eu besoin de tout sortir, de justifier ma seule
rentrée d'argent de l'automne un chèque de
75 $ pour une conférence à l'uqam et mainte-
nant j'ai 35 000 $ de dettes parce que j'essaie
de sortir de ma naissance pis encore là y'a
toujours quelqu'un pour essayer de me décou-
rager de penser à l'idée du doctorat *tu as pas
besoin de la validation de l'institution* oui, ça
adonne que oui quand on te répète que tu es
trop trash quand trash c'est ton origine et pas

un choix esthétique cool tu en as besoin de
l'étampe de l'institution tu as aussi besoin
de boutonner ta chemise jusqu'en haut de pas
crier de t'assir drette et de savoir boire parce
qu'il y en aura toujours un pour venir péter
ta fête
mais anyway je pue une pâte brune sous les
ongles maladie héréditaire right bb j'ai essayé
de changer de vie il va falloir que ça arrête un
jour, autant arrêter tout de suite

peut-être devrions-nous apprendre à persister
résistance totale
je croise les doigts
devenir normale
vieillir
couper les carottes
je ne demande presque rien
un chat éternel
une journée, bb
l'infini
tout

il y a une chose de la lumière
que le poème ne pourra jamais dire
que rien ne rend

le lendemain
ou un lendemain
ou un soir

ou autre (on finit par perdre le fil)
c'est toi, toi mon ami ultime, qui devais
    traverser le fleuve
tu voulais me parler d'essayer de devenir
    vivant
mais
mais
mais
nous n'avons pas réussi
nous ne réussissons rien

tu es plusieurs personnes à la fois
moi aussi
de gros blobs
ping-pong détresse
un nuage noir
le matin tu me dis bonjour
le soir tu me dis bonne nuit
mais ça ne suffit pas
rien ne suffit

vendredi soir dmt
glass bong
il apparaît évidemment que nous ne sommes
qu'une projection sur l'acétate
j'explose
la multiplication est une formule
    mathématique trop simple
une fractale : un objet géométrique dont la
    structure morcelée se répète infiniment

le corridor jaune
tout fuit
le langage
une morsure
une aiguille
délirante douleur
it goes way back
je l'ai reconnue
ma mort
mon ego problématique
le signe arbitraire
la force qui s'empare du sens
je voyage dans le temps
je suis en avant et en arrière
et maintenant et demain et jamais et toujours
psychose psychose

j'essaie de parler :
janvier mercredi vagin gardienne violence vv
vendredi mercredi divan violence violence
vv
janvier mercredi vagin gardienne
violence divan
er credi nne nce
vier agin an
agin rdienne an
nvier enne ce
ier
rcredi
mercredi

credi e
di ienne olence i ivan
gin ardienne
olence
   v
    violence
   violence
  violence
violence
iolence
olence
lence
ence
nce
ce
e^e
violence ^{violence}

divan + violence + vagin = ?
divan + violence + vagin = divan + violence
   + vagin

parole ---> violence
silence ---> violence
langage = coup de poing

MERCREDI
je crie mercredi
mercredi – amitié + question = quoi
égale eggo

tyvek prison
viande
être poète
avoir un faith
vouloir vouloir
pauvreté ramen
un sac
le doigt outil
KD
m
m
m
la porte
le corridor jaune
janvier mercredi vagin gardienne violence vv
vendredi mercredi divan violence violence
vv
la mort me tient à côté d'elle
elle dit :
a m i e a m i e
s
m
m
moi
m
money veut dire
miroir veut dire

elle dit : r e v i e n s

porte-moi sous toi
j m j
s
m
m
rjt
ijn dc
m
bb
aide-moi
aide-moi
bb
je cherche un mot plus grand que son sens
un mot qui percerait la couche entre le réel
    et le réel ++
réel total
un mot multiplié par son expérience sensible

diméthyltryptamine = $C_{12}H_{16}N_2$

quand j'écris violence avez-vous mal
et quand j'écris peur
et quand j'écris pleurer
le mot = le mot
sans plus

le mot
le mot
vv
violence

non
un autre mot
violence mercredi
non
pas ça
le mot qui
le mot qui fonctionne
aide-moi
aide-moi
bb vv
elle me le vole
S
a m i e

Je voudrais écrire maison et que vous voyiez trois cents maisons, toutes les habitations possibles et impossibles. Une yourte, une cabane en bois rond, un immeuble à condos, un château victorien, un sous-sol, un bungalow, un 3 $^1/_2$, une tente. Je voudrais que vous passiez deux heures à les défiler dans votre esprit. Même chose pour mayonnaise. Je voudrais que vous en ayez les mains pleines. Permettre l'apparition. Que vous compreniez mayonnaise. Mayonnaise dans mes poches
mayonnaise veut dire mélo
mayonnaise veut dire marjo
mayonnaise veut dire cadeau
mayonnaise veut dire

mayonnaise veut dire tristesse
mayonnaise veut dire dégoût

dégoût = détenir
détenir dégoût
ijn
je combats
aussi facile que de juste vouloir
vouloir vv
vv bb
avec
ami
vouloir combat
vengeance vv
famille vv
dormir vv
demain
violence demain

le mot « mot »
mot = mot
fuir folie
fuir style saleté
fuir police
langue furieuse
couteau rapide danger
ouvrir la bouche
je ne trouve que dix mille huit cent huit mots
qui ne brisent rien
ne sauvent rien

échec total
$1 + 0 + 8 + 2 + 6 = 17$
$1 + 7 = 8$
$8 = $ spirale
spirale totale
la formule de la mort
un cadran
les chiffres
la terreur de me réveiller encore dans
    la lumière jaune
la lumière spéciale
le bourdonnement
sss
sortir du trou qui me rattrape toujours
sortir = revenir
i belong to him/her/them
un jouet
m
sa face de serpent
un gros S^s
la spirale
you do you
elle me reprend
pousse entre mes dents cariées
mes cuticules
mes déglutitions
mille milliards d'années en une soirée
sa prise
je me plante un ongle dans l'intérieur
    de la main

je ne sens rien
juste le vertige d'être obligée de mourir

je dois expliquer mon expérience du monde
je dois tout dire tout le temps
rendre visible l'indicible
le matérialiser
car
si je perds le langage
je suis sans refuge

Le poème *je suis tellement neutre...* est paru dans
le numéro spécial poésie de *Françoise Stéréo*.

Le poème *joy to the world...* est paru dans le n° 153
de la revue *Mœbius*.

Le poèmes *je déteste le mot fantasme...* est paru dans
Caresses magiques.

Le poème *les tulipes peuvent être mortelles...* est paru
sur Opuscules.

3

**Last call
les murènes**

À...

1.

je pensais faire un recueil sur la beauce
c'est ce que j'avais dit au calq
mais là, alexandre dostie l'a fini avant moi

la beauce :

j'y retourne des fois
les pick-ups grandissent

y'a des humains et des animaux
ils s'entendent bien parce qu'ils se
    ressemblent
mais c'est toujours les mêmes qui finissent
    sur les hoods

j'ai vu une étoile filante en char
c'était dans le temps que je souhaitais
passer ma vie avec mon ex
ça pas marché
c'était aussi ben

2.

beauce pas merveille

nissan sentra
kia forte
toyota corolla
mazda 3
hyundai elantra
subaru forester
murano
subaru impreza
toyota prius

les glaces sont montées sur la route
vous ne pourrez jamais flyer trop fort.

3.

vos choses

pisser dans la toilette la plus sale de st-georges
mélange de tristesse et de honte
parce qu'elle appartient à quelqu'un qu'on
aime

4.

les deux bars démolis
des terrains vagues de souvenirs
les gars de l'hôtel font ami-ami avec leurs
    canettes de bud
t'seuls dans leur garage

avec les consignes, ils s'achètent
rien de bon pour la santé
juste du stock pour
appeler le 911

quand on se croise à la caisse
on se rappelle nos noms
on se dit que le party est fini
qu'on est devenus des adultes sans s'en
    rendre compte
quinze ans plus tard que la moyenne
    du monde
mais que nous au moins on les a vus les
    soleils se lever
et on a su qu'il a déjà fait beau icitte

5.

avec vos pannes à l'huile
vous flattez des chats

vos chars de démol
pourront dormir le ventre plein
de vos caresses

6.

pour pâques
j'ai tiré de la carabine à plomb avec mon frère
une bouteille de bacardi breezer et
quatre/cinq canettes de thé glacé aux
    canneberges
+
beaucoup de trous dans la neige

7.

pas touché sa peau depuis
peut-être
quinze ans
mais là
c'était juste
pour lui enlever un point noir

8.

(autour de 1994)

on jouait aux gars attrapent les filles
et j'aimais mieux regarder

9.

vallée de la chaudière
du silicone partout dans toutes tes craques
sur tous tes chars
la pluie rentre pas
ni la neige
ni l'amour
pis quand t'en auras fini avec celui-là
tu pourras le sacrer dans la rivière
pour réclamer aux assurances

10.

un tournevis pour starter le char
j'essaie d'arrêter de fumer en mangeant
    des gobbstoppers
la go est longue
assez longue pour qu'on croise des morts
    aux quatre stops
des chars fantômes
des chars de cochons
des chars de morts aux courses
des chars de l'au-delà

on roule dans les fonds
on tombe sur rien
on mange pus
on fourre pas
on n'a jamais fourré
même pas passé proche
de
on y'a sûrement jamais pensé
on n'avait pas le temps de penser
on parlait tout le temps
on parlait un par-dessus l'autre
l'autre par-dessus l'autre
on écoutait nos voix
qui racontaient la même histoire en parallèle

on roulait su'a go
plus vite dins bosses

plus vite dins croches
on commençait à crochir

quand ça a fini
on a dormi trois jours en ligne

11.

mdma

pus capable de dormir
twin peaks saison deux
un cauchemar sur fond de reste de soirée
    heavy

je grattais dans le mur pour le traverser
passer à travers du mur pour aller dans
    la chambre à côté
pour dormir sur un autre plancher que
    le mien
dormir sur ton plancher
ton ostie de beau plancher

gratter au bord de ta porte jusqu'à ce que
    tu l'ouvres
parce que j'ai le cœur qui bat comme
    un lastique qui lâche

12.

avec le n'importe quoi des autres
on fait souvent des conneries

13.

les mouches de l'année passée
sont encore sur le rebord des fenêtres
elles vont fondre à un moment donné
pis ça va faire une croûte noire
un lit de mort
pour les mouches de l'année d'après

LES CHOSES DE LA LUMIÈRE

14.

pas à frette jamais
à frette
au cas où on finirait par se retrouver
face à soi-même
dans un coin sombre

15.

c'est le quatrième verre qui est de trop
parce que c'est celui qui commande les six
    prochains

combien de douleur ?
combien de dommage ?

16.

on mange des produits transformés
on boit
on traficote des chars pour des concours
on aime brûler les choses
on travaille dans le bois
on chasse
on pense que l'alcool est un passe-temps
on roule vite
on crée encore des mythes
on monte sur des toits
on crie « chat »
on se tapoche
on danse, nos doigts font le signe du diable
on oublie de se voir
on refuse on se ferme
on ne se trouve plus
on

17.

ils s'aiment assez pour faire l'amour les yeux
    ouverts
et penser juste à eux

18.

debout au milieu du bar
le dehors dedans, le dedans dehors
avec ta peur de pas mourir
tu dis : *t'as l'air proche de ta fin*
tes bottes te font pas
tu les as volées
tu ne te rappelles plus à qui
tantôt personne va venir te chercher
quand on va barrer les portes
je vais t'offrir un lift
tu vas t'en sacrer
prendre ton char
monter vers le lac
pis caller tva pour leur parler des
 extraterrestres

19.

s'habiller pour se décevoir

20.

j'ai craché dans tes souliers
j'ai vraiment craché dans tes souliers
pas d'image, pas de métaphore, là
j'ai vraiment craché dans tes souliers
quand je suis en crisse, je crache dans
    tes souliers
quand tu me dis de slacker sur les verres
    de vin
je crache dans tes souliers

j'ai craché dans tes souliers à soir
quand t'as approché et que
tu m'as demandé
combien de verres t'as bus ?
j'ai craché dans tes souliers

21.

j'avais fait l'épicerie
je l'ai crissée dans le canal lachine

une femme pas gérable

22.

nous sommes passés près de retourner
en dedans de nos corps en bobettes
mais nous avons finalement préféré
arrêter de se voir

23.

j'ai lu des livres
dans des chars
en pleurant

24.

l'amour tu'seul dins toilettes

j'di d'mande d'jink de r'd'ien dire
de r'd'ien dire pis de farmer sa d'jeule
pis r'd'ien d'autre
de dire r'd'ien

25.

car, tits and other things like
avoir quelqu'un pour manger avec

26.

bonne nuite des étoiles

je te fourre avec la bouche pleine d'ulcères
la douleur n'est rien comparée
à l'amour que j'ai pour toi
hahahaha !

27.

« je bois pour oublier que tu m'as quitté
je n'ai plus la force d'aller travailler
assis dans la cuisine je bois et m'imagine
que tu es dans les bras d'un autre homme
    que moi
et je pleure tout bas[1] »

vous la chantiez souvent ensemble
avant de boire et d'attendre

je bois et j'attends
vous ne faisiez que ça
boire et attendre

et je ne faisais que ça boire et attendre
avec vous

---

1. georges hamel, *je bois pour oublier*

28.

attention à vos pharmacies

vendeurs de bicarbonate de soude
cotons-tiges de l'enfer
yo d'outre-tombe
papier glacé
mourir jamais
les doigts tout croches
l'organe oui-non
black light alien
in vitro maison
sheerer où tu iras

29.

juste le trottoir pour s'aimer dessus
pis nos lacets qui pognent dins craques
pis nos âmes, pis nos âmes
ostie que c'est cliché l'âme

pis rien

fin

30.

couché à terre
battu bleu, jaune

31.

duracell plaisir
regardez-vous pas dans les yeux

les meilleurs poèmes me viennent
    dans des chars
entre 6 et 7
les étoiles sont floues
le destin incertain

à st-cyprien, l'avenue de l'avenir se termine
    en cul-de-sac
un parking à pépine
où tout le monde part à moins quart

32.

nous avions crié libarté !

33.

future pilote de course
papa va t'en faire un char
même s'il sait au fond de lui que
ça va finir mal dans un croche à 130

34.

ils trouvaient tous les moyens possibles
pour
oublier que leur vie s'arrête le lundi à 6 heures
quand le réveil sonne

35.

statut :

bon quessé que je fais à soir ?
m'as aller m'assir à r'garder des totons
    pis des snatchs
sans pouvoir y goûter c'est comme s'acheter
    un ski-doo neuf
pour faire juste le tour de la maison
ç'a pas de crisse de bon sens

36.

2 mai 2015

je roule sur le bord du canal
je roule à l'inverse de ma direction

j'ai dit à guillaume que j'allais faire mon
pap test à l'hôpital st-luc

je roule vers pointe-st-charles
je roule vers atwater
je roule vers lachine
le plus loin possible du docteur

quand je reviens, il me demande :
es-tu bien papée ?
je dis oui
et je fais semblant que le spéculum était froid

37.

tuer
une bonne fois pour toutes
la fille de la beauce

oublier
les chars
les bars
les chapeaux de cowboys
les années-lumière de lignes sur les comptoirs
la longueur des rangs
la douceur des sièges de quatre-roues
sur la peau du cul
quand on bagne dans le champ
oublier le lexique
            l'adjectif poutiné
les jambes pleumées par la bouilleuse
oublier
les moyens du faux
l'espoir en douze packs

devenir autre est-ce renier ?

38.

frigidaire à liqueur
grosse bleue clamato
la gomme
le portefeuille
le ciel ben chill
bleuet
un steak
château
motel lilas
grande foi dans l'âme
renaud longchamps
j'ai barré mes clés dans le char

39.

tu sais pas être déçue
être déçu
c'est l'enfer

40.

j'ai rêvé que tu m'écrivais un long poème
sur toutes les filles avec qui t'as bagné

y'en avait deux-cent-soixante-quinze
je trouvais que ça faisait beaucoup
tu ne partageais pas mon avis

tu y racontais les choses
tu y racontais les trous, la lumière, le temps
la force, la peau, les jupes, les mains, les yeux
tu racontais toutte, n'épargnais pas de détails
sur ce que je ne voulais pas entendre
mais c'était juste un rêve
en vérité, je ne sais pas combien t'en as
    fourré de filles
je m'en crisse
je veux juste que tu me fourres
encore
une fois de temps en temps
que tu ne m'épargnes rien
que tu me regardes les choses
les trous, la lumière, le temps
la force, la peau, les jupes, les mains, les yeux
que tu me le fasses à moi
encore

41.

si on fourre quatre fois par mois
ça me coûte cent piasses de taxi
cent piasses c'est plus
qu'une facture d'électricité en hiver

42.

j'ai pleuré dans ma douche
en pensant au déjeuner qu'on n'a pas mangé
    ensemble
je savais depuis longtemps ce que j'allais
    commander
des patates, des fruits, du ketchup
un thé pis un café
à place j'ai marché jusqu'au métro
le vent m'a mouillé les yeux
la douche a fait le reste

43.

viens me chercher
dans le fond du trou
que j'ai creusé
pour me cacher de toi

44.

la dernière fois que tu m'as mangée
je suis venue en pensant à ton père qui me
    lançait de l'argent sur le chest

comment justifier une posture féministe
    après ça?

ton père je le connais pas
c'était une impression de père/un avatar
    de père
un père qui fourre pas full
qui a besoin de moi
qui serait donc ben content de m'avoir

mon rêve d'être utile
générosité et altruisme
don de soi
name it

45.

viens chez moi
viens chez moi un peu
je te promets que je ne te ferai pas à manger
pis qu'on n'écoutera pas de film
je te promets que je ne te montrerai pas
    mes livres
ou mes photos de voyage

tu boiras l'eau drette du brita, tu
t'organiseras pour ta douche, tu
ramasseras ton linge, tu
flatteras le chat si ça te tente, tu fumeras
    où tu veux, tu
prendras la dope des tiroirs, tu rouleras
    tes cennes
mais personne ne fera la vaisselle
on attendra
viens chez moi
viens chez moi juste
pour fourrer bien comme du monde
pour rien d'autre
pendant des heures
huit
dix, cent heures

viens chez moi
prends le métro
pis retourne-toi jamais
au cas où tu changerais d'idée

46.

checkez-moi maude vv
deux v
poète pas tight pantoute

3h40 du matin en beauce
j'écoute radio-can sur la télé
le channel de venus angel sur mon ordinateur
et je me magasine des followers sur instagram
me garder occupée pour chasser les fantômes

hier, j'ai trouvé un boutte de papier collant
    dans mon vagin
le flow est un état mental que les anxieux
    ne vivent pas full
je ne suis plus autant déprimée qu'avant noël
lorsque je pesais 112 livres
mais engraisser me fait capoter
dites-moi
mon vagin est-il lousse ?

checkez-moi maude vv
deux v
un vagin pas tight
beaux cheveux
belles lunettes
pas tight

je lis et je relis ce poème
sur mon entrejambe et la beauce

une maison en clabord rose sale comme
    une tache de sexe
mon poème est confus, je sais
les tiroirs de la chambre de mon père aussi
collection de paquets de cigarettes, catalogue
    sears
lighter en forme de fusil, mèche de drill
mitaine de four, bouteille de tylenol

checkez-moi maude vv
deux v
poète pas tight pantoute
pas tight du vag
pas tight de la tête

LES CHOSES DE LA LUMIÈRE

je suis encore là à parler de la beauce
maudite beauce
il faut comprendre qu'on en revient
    peut-être pas
que ça m'écœure tellement que je m'en
    sortirai jamais
j'essaie d'en faire une expérience
du monde qui en vaut la peine
parce que si je n'étais pas ça je serais quoi
une autre fille de la rive-nord
dans une maison swell swell
où aucun enfant ne mange des cadavres
    de mouches

checkez-moi maude veilleux veilleux
deux v
poète pas tight pantoute

47.

pas de texto
tenter le voyage astral
pour te dire fuck you
en pleine face

48.

j'ai envie de
faire de la porno
avoir cinq chats
un gris, un noir, un blanc, un orange, un nu
d'être frugivore crudivore locavore bio
d'avoir un tiroir de pilules fortes
de boire de l'eau embouteillée
d'acheter des choses équitables

au lieu, je passe mes journées devant
    mon ordi
un document word ouvert dans un coin
    de l'écran
si tous mes poèmes ressemblent à des statuts
    facebook
c'est sûrement parce que c'est tout ce que
    je fais de mes journées
scroller down sur la vie des autres

49.

l'hiver s'éternise
et je me bats encore
pour pas lâcher
un toaster dans mon bain

50.

te boire
matin, midi, soir

51.

toute seule dans mon film dimanche
quasi minuit
j'essaie de trouver quelqu'un quelque part

les affaires se placent pas
le tarot se dédit jour après jour
c'est yes sir pis après c'est no way
pourquoi chercher là?
pourquoi chercher dans les lignes des mains
        aussi?
comme une maudite compulsive du futur
quessé qui va arriver?

rien qui donne vraiment l'impression d'être
        en vie

j'essaie de voler du temps au temps
mais mes cuisses tombent à terre
j'ai jamais eu 26 ans
je l'ai skippée cette année-là

si j'avais une roche
je la crisserais dans la fenêtre
pour l'ouvrir sans avoir besoin de me lever

ativan1
ativan2
ativan3
gogo gadget

j'écoute les mêmes tounes en boucle
je me tanne pas
je suis pas une fille difficile
je fais toutte
de a à z
de 1 à 10
j'ai pas de bobettes
je fume
je fume pas
je lave souvent le bain

je n'irai jamais en corée me faire refaire
     le corps
et l'intérieur du corps
je ne serai jamais immortelle
              jamais immortelle et terrible
              enfant terrible
              jeune à jamais

vous m'accrocherez au plafond
mes seins 30 ans
ma plotte hot-dog
mes yeux verts

regardez
la belle affaire que je suis
molle, mais chaude

toute seule dans mon film dimanche
quasi minuit
j'essaie de trouver quelqu'un quelque part
pour me prendre dans son équipe

52.

s'endormir au doux son de son plan
    de suicide

53.

shih tzu luv
au walmart de st-georges-de-beauce je suis
à deux doigts d'être aussi laide que tout le
monde ça m'affole

je mange mon pop corn en attendant un lift de
mes parents kia spectra bleu pâle j'ai oublié le
numéro de plaque les pick-ups quatre portes
vaisseaux du travail où on entasse des épi-
ceries de viande taux de chômage somme
toute bas les lignes doubles les lignes pointil-
lées nous mènent là où on veut
vers pas de rêves
vers faire carrière pauvre

les flaques d'eau du stationnement traversent
bord en bord mes vieux souliers météo crasse
une vision très juste une adolescente attardée
pas de job pas de char pas d'enfant

je suis en costume de bain depuis quatre jours
j'ai limé mes ongles jusqu'au boutte dur une
manucure que tu ne peux pas rater parce que
c'est juste de te limer les ongles jusqu'à pus
d'ongle

dans un vieux cahier j'avais écrit :
shih tzu luv

54.

la fois où je me suis fait
checker
par un drone sur mon toit

un court récit
un costume de bain
living in the now
les creeps ont des outils technologiques

55.

break down
milieu d'après-midi
don't give up on your faith
love comes to those who believe it
and that's the way it is
ça joue
céline, c'est ben beau l'amour
mais pourquoi tu fais jamais des tounes
sur la précarité financière
pas assez glamour
ça pue
c'est laitte

don't surrender 'cause you can win
in this thing called love
avoir assez d'argent pour pas voler son papier
    de toilette

j'ai setté des rituels
pour mon nouveau dossier du conseil des arts
spell de prospérité
coordonner l'envoi avec la pleine lune
mettre son espoir entre les mains du dude
du dépanneur grec sur fairmount
je connais au moins dix artistes
qui font ça à chaque fois

LES CHOSES DE LA LUMIÈRE

moi aussi céline je suis coincée
l'amour ça préoccupe les filles
on l'apprend jeune
des fois je me surprends à m'en crisser
à penser plus fort à mon frigidaire vide

that's the way it is
that's the way it is, babe

56.

je pisse dans un parc
et je mange mon pop corn encore et encore
sur des airs de beau dommage
pas de change à donner
la morve au nez
tout le temps un estie de rhume
un gars ramasse des canettes autour du mac
pendant que je me demande
si on peut encore chanter les louanges
        d'une ville

en ce moment je suis certaine de me faire
        clencher
par toutes les filles qui font des maîtrises
à l'uqam et à l'udem ou ailleurs
pas par les gars
mon éditeur l'a dit : les filles vont sauver
        la poésie
et j'essaie de dépogner les écales de pop corn
entre mes gencives et mes dents

montréal a changé ses vitrines
je la trouve belle
je passe devant le café cléopâtre
un dude me quête une cigarette

j'en ai pas
il me dit : *c'pas grave. tu es belle. très belle*
il met beaucoup d'emphase sur le très
je me fourre encore du pop corn dans la gueule

plus d'écales dans les gencives
et je repense à catherine cormier larose
qui me raconte des histoires sur vickie
    gendreau
accotée sur la machine atm pendant qu'une
    danseuse danse

la porte du quartier chinois me retient
    de tomber sur le côté
j'avance dans le port
le vent dans la face
encore plus de morve, ça fait ça le vent
je n'ai pas peur
je n'ai pas peur à montréal
comme j'ai eu peur ailleurs
surtout peur sur le highway of tears
dans l'ouest
où je pensais me faire tuer
parce que j'étais une femme lesbie

LES CHOSES DE LA LUMIÈRE

sur un gros panneau près du square victoria
c'est écrit : choisir de vivre sa retraite comme
    on l'entend
je pense au pop corn dans mon sac d'épicerie et
à la piasse que j'ai pas donnée au gars avec
    le chien
je me mouche dans mon chandail
j'approche de chez moi
de moins en moins d'écales entre les dents
mon appart fucking zen
plus zen qu'un temple
parce qu'il faut bien se munir
d'une zone tampon entre le monde et soi

je rêve de mon ordinateur comme on rêve
    d'une retraite
j'économise pour passer plus de temps sur
    mon ordinateur
si on m'offrait de me faire ploguer la tête
    dedans
de renier le monde
je n'hésiterais pas une seconde
je déteste les dudes en habit cravate

qui hangent autour du square et
qui me regardent avec leurs yeux de l'argent
    achète tout
parce qu'ils ont raison et tout le monde le sait

je suis tellement près de la maison
et cette petite piasse
je l'ai cachée dans ma poche
juste au cas que j'en aurais besoin
chaque dollar est un dollar de plus
vers ma retraite sur mon ordi
comme je l'entends cette retraite
et j'ai appris de source sûre que
mathieu arsenault a 5000 piasses dans ses reer
ça m'a fait de quoi

une goutte de morve tombe sur mon écran
    de téléphone
je reçois un texto : tu es où ?
je voudrais que ma vie soit narrée en continu
pour exister quelque part d'autre que dans
    ma tête
je me fatigue à écrire
je suis quasiment rendue

ma main touche ma clé et la piasse
je repense à cette fille qui m'a dit qu'elle avait
    un chum
à qui j'ai répondu : oui mais oui mais moi j'ai
    deux chums

et moi j'ai deux chums et je suis devant la porte
je voudrais avoir tous les chums juste pour moi
tous les chums et tous les reer
tout le pop corn et toutes les piasses
et je fabule sur cette idée devant l'ascenseur
et par accident je fais un gros thumbup dans
    mon poème
et je me dis que demain sera pas pareil
mais un peu pareil quand même

57.

je pense que je vais
scraper tous mes poèmes
je vais commencer un nouveau recueil
ça va s'appeler jambon
pis ça va juste parler de déjeuner

4

Les choses de l'amour à marde

À Guillaume Adjutor

C'était pas un poème
C'était pas un rêve
C'était à Woodstock en Beauce

Deux mois avant la fin de tes traitements
    de chimio
On dormait trois dans une tente pour deux
T'avais froid aux jambes
Fallait pas que tu pognes la grippe ;
ta mère m'aurait tuée, on le savait
Tu disais que l'alcool ne te saoulait plus,
c'était pas assez fort
Tu as pris du mush
On a ri
Audrey a pissé dans ses culottes
Ensuite, tu n'es jamais morte
C'était une bonne idée
La meilleure des idées.

Je reviens du pays Dimanche
Soleil St-Tropez
Pas une envie de se tuer
sur le continent américain

Merci, Juillet.

La scénographie du couple
Nos gonades s'hameçonnent
sur ma vie carton-pâte

Décor plywood

Mardi avant-midi,
tu dors dans ma bouche.

Motorboat-moi
S'te plaît
Ma belle amour.

Quand j'étais aux femmes

Je me vouloir de toi,
je toute toi, ta peau lisse et lousse
au-dessus des organes

La langue nous creuse,
je n'accorde rien au passé

D'ici, je te vois,
tu es la fille hallucinante.

La police
marche sur
Montréal (QC)
YouTube, tu ne veux plus
que je me couche.

LES CHOSES DE LA LUMIÈRE

Centre-ville soirée :
la chose dure
de trouver l'autre
dans la foule.

Nos vacances

Se touchoter à travers les maringouins
tandis que le Maine ronfle à nos côtés
La forêt nous crache dessus et
les loups braillent la nuit à leur mère

Benadryl, aide-nous.

LES CHOSES DE LA LUMIÈRE

Nous avions le même char
Deux Hyundai Accent rouges
Qu'on stationnait côte à côte

Nos deux chars comme
Nos deux âmes

Collés jusqu'à ce que ça scrape.

J'essaie d'aller au marché Jean-Talon
m'acheter un petit jus
Les empotés du trottoir
Toujours là, à marcher devant moi
avec leurs yeux collés dans le ciel
Leurs jambes à gauche, à droite

Tassez-vous, ma glycémie est basse.

La romance

Plus il passe de temps à l'intérieur de moi
Plus je l'aime.

Recevoir une van dans face sur la grande côte
    à St-Vic
Même dans mes rêves
j'arrive à m'empêcher de mourir
Je suis comme un ange, grand-maman
un ange que tu visites pas souvent.

Les lendemains creux

La fille s'éveille inconnue
sous un mur de barbe
Lui tousse, racle la gorge
avant le café gris

Il laisse un clou dans son cœur

Silence de roche.

Mercredi pleine lune ordinaire
Je découvre la fin de la magie,
le début de l'ère adulte
Je hais ça. Chus triste

Je rêve du grand couteau,
j'espère le noir,
j'ai même pas peur de me faire fesser
    par un char
ou tuer par un junkie

Sur le coin de la rue
la lame me crève
et je dis
enfin.

L'Adjutor

J'étais blême quand tu m'as trouvée,
assise dans la roche coupante,
les jambes nues

Tranquillement, la noirceur
s'était frayé un chemin

Tu m'as lavée, léchée, longtemps

Merci.

J'atterris sur le balcon
le vent me souffle la nausée

De l'intérieur, il me crie
T'as 27 ans, arrête tes conneries
La terre tremble
Je roule en boule
jusqu'à la salle de bain

Le tapis
m'accueille comme la plus belle affaire
    du monde.

Les magazines féminins

« How normal is your sex life ? »

Je ne l'ouvre pas. J'imagine déjà la réponse
Les filles qu'on culpabilise parce que

J'ai uriné sur le bord de ta porte
pour marquer mon terrible

Pas game de rester avec moi pour
toujours.

LES CHOSES DE LA LUMIÈRE

Fruits du frigidaire solitaire
Le long train arrive
empêche de finir la phrase

On baise comme pour finir une job.

L'octobre s'avance dans la maison
les plantes s'ennuient du dehors
les osties de cloportes, toujours
les carcasses que le chat tue
traînent là
entre les boules de poils
les miettes de pain
la poussière

Je ne fais pas le ménage
j'ai la migraine
pis je pleure d'ennui
Je pleure de toi loin
De l'oubli de l'odeur de ta sueur.

Tu en as donc ben
des journées de rechange
pour remettre à demain
le fun.

Si on traîne sa solitude petit bout par petit bout
nos lèvres par en bas nous trahissent

Pourquoi ça doit être comme ça
et pas comme autre chose ?
Pourquoi pas comme une longue ride
dans un rang ?
Un peu d'ecstasy derrière la cravate
On passe par le toit ouvrant,
finit sur le capot

On rit,
mes lèvres sont par en haut.

Le divan-lit usé
par le poids de mon corps
chaque nuit

Télé-Québec sur le salon
m'ensommeille pareil qu'à mes dix ans

Bukkake dans ma tête
soir mardi décembre
pas de neige
rose noune

Hier, c'était ma fête.

Les pêches explosent de moisi

Pendant que je te parle de m'ouvrir l'artère
    fémorale
Tu manges du pudding au chocolat de
    Mamie Nova

Ici, tout est long,
les murs coulent,
les mouches à fruits me réveillent à 5 h AM

Ici, il pleut
On commence le mois des morts.

Précieux souvenir de la gardienne

Quand elle a mordu
j'ai tout oublié

Mais j'ai des photos pour voir les traces
sur mes jambes.

Le cordon du cœur qui traîne dans marde

Se grafigner le cœur
dans une orgie de comptoir
et se râper la gorge à l'alcool fort

La serveuse du haut de ses talons
Bonyenne
Es-tu tombée en bas d'une falaise ?

Mes yeux coulent jusqu'à sa face

Bouffée de cigarette
Gorgée de bière

J'tais en amour viarge.

LES CHOSES DE LA LUMIÈRE

La somme des matins
au thé brûlant et l'aube qui ne me laisse pas,
s'accrochent dans la pulpe du papier
les mots râteaux
et le verbe pointu perfore la bouche.

LES CHOSES DE LA LUMIÈRE

Ce n'est jamais un viol
Quand on paye le taxi.

Une moins bonne journée
Un chat
les griffes coincées
dans la moustiquaire de la porte-patio

Dormir sans toi
c'est fatigant.

Vomir dans le bain chez Bertrand Laverdure

Pour l'instant,
ce que j'ai fait de plus littéraire.

Mais
j'ai
pensé
à
toi
tout
le
long.

En Beauce
je vous ai aimés, vous
les gars qui receviez
une caisse de 24 et
une cartoon de cigarettes pour Noël

Vous méritiez au moins cela
un peu d'amour
en secret.

Se brisent le corps devant une chaîne
   de montage,
leurs poumons fibres de verre

quand ils s'assoient au comptoir
se brisent le cœur comme une bouteille
   échappée,
parce qu'ils n'ont plus la force.

Connus sur le coin du bar

Un arbre est tombé sur la ligne électrique,
le lac des Cygnes dans le noir

Je chauffe son char
la transmission glisse,
on descend les côtes su'l reculons

Lui, il a tellement pris de peanuts depuis
    trois jours
qu'il a l'air d'un écureuil

Le gars d'Hydro-Québec taponne les fils,
on mange de la fondue chinoise à la chandelle,
et là
j'te trompe.

Être en amour avec un absent

Tourner en rond dans le 3 $\frac{1}{2}$
Partager ses obsessions avec le chat
la bouffe, le robinet du bain,
les écureuils, les bebittes, les feuilles
    de la fougère

Même si les arbres des Shop Angus
ont mis leurs plus belles fleurs pour la journée

Je louerais un char pour te rejoindre et
Je ne voudrais jamais aller me coucher.

Je t'aime, mon cœur !
qui spine en modélisation 3D
dans le fond de son écran

La fille a l'air ben
Ostie que l'monde m'écœure.

Poème d'amour

Je ne t'aime pas vraiment,
parfois, je trouve que tu pues
Un chien de l'enfer

On le dit souvent.

LES CHOSES DE LA LUMIÈRE

Ostie
Le ciel
c'est pas chaud sans toi.

LES CHOSES DE LA LUMIÈRE

Entre dans la maison
Viens me trouver dans la chambre
et ouvre-moi
doucement
Je ne résisterai pas.

Je vais mieux (mais pas comme l'autre, là)

Pas une mince tâche de
me ramener à moi-même après l'hiver
Ma peau a besoin d'avoir chaud
pour ne pas vouloir s'ouvrir.

Celui avec qui j'ai toujours voulu

Merci pour ce soir
J'ai souhaité au moins tout cela
Mais avec
peut-être
un peu plus de sauce.

Le soleil se couche sur la 20
Je remonte à Montréal après
notre fin de semaine d'amour

Il y a des oies qui fêtent,
un gros party dans le clos.
Un mariage d'oiseaux, aurait dit ma mère

Je ne voudrais jamais me marier sur la 20
entre Québec et Montréal

Je voudrais être la plus bronzée de la gang
Je ne vomirais pas sur ma robe
blanche oie
Je vomirais peut-être dans ma bouche,
mais ça ne paraîtrait pas.

La libraire

Dans le vieux théâtre
On vend maintenant de la marmelade
Des couteaux à bagel
Des horloges Dali made in China
Tous les genres de biscuits un peu fancy
    des Europes

Aujourd'hui, les libraires époussettent
    les corps morts.

Arrache-toi pas tous les caps de genoux
sur les marches de l'Oratoire,
tes prières te pissent dans face

on connaît ton démon
pis on sait que ça sert à r'd'jien.

LES CHOSES DE LA LUMIÈRE

J'ai envie de te toucher
Plus longtemps
Que le temps que
Tu viennes.

L'amour deep-throat (titre)

Les poèmes vulgaires
ça pogne juste un temps
l'amour gorge profonde
c'est pas mieux, mais c'est en français.

La canicule de Montréal

Les tabarnacs d'oiseaux qui chantent
comme si on devait être heureux

Le soleil plombe comme un fou
Ça brûle l'amour
et ça coûte cher au tonnerre
la nuit venue.

La transparence ou la face de coin de rue

Des mains nouvelles me serrent,
mais au fond, on s'en fout

On m'oublie
comme la vinaigrette Mille-Îles
dans la porte du frigidaire
La mousse prend
Ensuite, on n'arrive même pas à la jeter.

Le temps lent

Les clients ne se pressent pas
pour venir acheter
des recueils de poésie

Ils ont des sacs sur roulettes
et prennent plutôt des sudokus.

Le soleil un dimanche après-midi

Nos fronts se déposent un sur l'autre,
    chacun leur tour
les yeux fermés, nos mains voient
Ça vrombit dans l'air, ça crie
Les draps s'emmêlent
Le chat n'en fait pas de cas
Les voisins, eux, oui.

Delicatessen restaurant

Ta main sur ma joue
Delicatessen ma joue
Devant la soupe

Finir en nourriture sacrée.

Sereine
sans même prendre de millepertuis

Allez vous coucher
Je ne mourrai pas.

Table des matières

1. Les choses de la lumière 9

2. Une sorte de lumière spéciale 59

3. Last call les murènes 153

4. Les choses de l'amour à marde 225

À propos de l'auteure

Maude Veilleux a publié trois recueils de poésie : *Les choses de l'amour à marde*, *Last call les murènes* et *Une sorte de lumière spéciale* (Éditions de l'Écrou) ainsi que deux romans : *Le vertige des insectes* et *Prague* (Hamac). En 2018, elle a fait paraître un roman-web, intitulé *frankie et alex – black lake – super now*. Elle a aussi dirigé le collectif Bad boys chez Triptyque. Au fil des années, elle a publié dans diverses revues. Plus récemment, son texte *Lettre à n'importe qui* dans le n° 170 de la revue *Moebius* a été finaliste pour le prix Essai, analyse et théorie de la SODEP. Son travail en performance a été présenté dans plusieurs centres d'artistes et festivals tels que la Galerie Leonard & Bina Ellen, le Musée d'art contemporain de Montréal, la Fonderie Darling, le OFFTA et la RiAP. Depuis 2020, elle s'intéresse, avec le collectif Botes Club, aux robotEs et aux intelligences artificielles.

Achevé d'imprimer chez Marquis,
Québec, Canada.
Deuxième trimestre 2023.